에드거 앨런 포 단편집

일러두기

• 이 책은 Edgar Allan Poe, 『The Works of Edgar Allan Poe - Volume 1, 2』(Project Gutenberg, 2000)를 참고했습니다.

Edgar Allan Poe

에드거 앨런 포 단편집

에드거 앨런 포 지음

「황금 벌레」 삽화

1895년 필라델피아에서 출간된 단편소설 「황금 벌레」에 실린 헤르핀의 삽화. 포는 생계를 위해 1827년 군에 입대한 적이 있는데, 입대 5개월 차에 설리번섬으로 배치를 받는다. 이곳이 1843년 발표한 「황금 벌레」의 배경이 된다. 또한 설리번섬에 서식하는 두 종류의 벌레를 혼합해서 '황금 벌레'라는 가공의 벌레를 만들었다. 그는 1840년 자신이 일하던 잡지의 독자들과 암호를 주고받으면서 암호를 해독, 추리하는 과정을 담은 「황금 벌레」를 구상하게 된다. 이 단편은 「달러 뉴스페이퍼」의 공모전에서 대상을 받았고 출간 즉시 성공적으로 알려지게 되었다.

오귀스트 뒤팽이 등장하는 「도둑맞은 편지」 삽화

1862년 프랑스의 화가 프레데릭 테오도르 릭스가 그린 「도둑맞은 편지」의 삽화다. 오귀스트 뒤팽은 에드거 앨런 포 작품 속에 나오는 가상의 탐정 인물로 「모르그가의 살인 사건」에서 처음 등장하였다. 이후 「마리 로제의 수수께끼」와 「도둑맞은 편지」에 차례로 등장한다. 프랑스인으로 설정되었으며, 미스터리 작품 속 탐정 캐릭터의 시조로 여겨진다. 특히 세 번째 탐정소설인 「도둑맞은 편지」는 현대 탐정소설의 중요한 초기 설정으로 일컬어진다.

에드거 앨런 포의 묘지

메릴랜드주 볼티모어시 웨스트민스터 홀에 위치한 에드거 앨런 포의 묘지. 포는 1835년 사촌 여동생 버지니아 클렘과 결혼한다. 10여 년간 결혼생활을 지속하던 중 1842년 그녀는 처음으로 폐결핵 증상을 보이는데 5년 동안 투병한 끝에 24세의 젊은 나이로 요절한다. 이후 포는 실의에 빠져 작품 활동을 중단하기에 이른다. 그리고 아내가 죽은 지 2년 만인 1849년 10월 볼티모어 거리에서 위급한 상태로 발견된다. 곧장 병원으로 이송되었으나 제정신을 찾지 못하고 결국 사망한다. 아내가 죽은 이후로 앓던 알코올 중독, 우울증, 갑작스러운 뇌출혈, 뇌염 등 다양한 질환이 사망 원인으로 거론되었으나 그가 사망한 원인이 무엇인지는 지금까지 미스터리로 남아 있다.

에드거 앨런 포 단편집 **차례**

The Gold-bug

황금 벌레

황금 벌레

이런, 이런! 이 친구 미치광이처럼 날뛰고 있군!

독거미에게 물린 거야.

　　　　　　　　　—영문도 모르고…….

　수년 전에 나는 윌리엄 르그랑 씨와 친분을 맺었다. 그는 옛 위그노 교도 가문 출신으로서 한때는 부유했다. 하지만 잇단 불운을 겪은 뒤 가난에 빠져버렸다. 그는 재난에 뒤따르기 마련인 수치에서 벗어나기 위해 조상 대대로 살아오던 뉴올리언스를 떠나 사우스캐롤라이나주 찰스턴 근처의 설리번섬에 거처를 잡았다.

　이 섬은 매우 독특한 섬이다. 섬 전체가 거의 모래사장만으로 이루어져 있으며 길이가 5킬로미터 정도밖에 되지 않는다. 섬의 폭도 어디서든 500미터 미만이다. 섬은 거의 눈에 띄지 않는 좁은 샛강에 의해 본토와 떨어져 있으며 그 샛강은 뜸부기들이 즐겨 찾는, 갈대와 늪지로 이루어진 황야 사이를 마치 스며들 듯 흘러간다.

짐작대로 섬에 식물은 거의 없으며 있다하더라도 난쟁이 같은 놈들뿐이다. 웅장한 나무라고는 눈 씻고 보아도 보이지 않는다. 몰트리 초소가 서 있으며, 한여름의 먼지와 더위를 피해 찰스턴으로부터 도망치듯 온 사람들이 잠시 머무는 초라한 판잣집 몇 채가 버티고 있는 서쪽 끄트머리에 가서야 털이 곤두서 있는 작은 종려나무들이 눈에 띨 뿐이다. 하지만 이 서쪽 지역과 단단하고 하얀 자갈돌이 깔려 있는 해변을 제외하고는 영국의 원예가들이 그토록 귀하게 여기는 도금양(桃金孃) 덤불이 섬 전체를 덮고 있다. 거의 1미터 이상의 높이의 도금양 관목들이 발을 들여놓을 수 없을 정도로 빽빽하게 들어차 있어 그 향기가 대기를 온통 채우고 있다.

르그랑은 섬 동쪽, 이 관목 숲지대 가장 깊숙한 곳에 혼자 힘으로 작은 오두막을 지었다. 섬 끄트머리에 해당되는 곳으로서 본토와 그다지 멀리 떨어지지 않은 곳이었다. 나는 그가 그곳에 살고 있을 때 우연히 그와 알게 되었으며 우리의 교제는 곧 우정으로 무르익었다. 세상을 등지고 산다는 사실이 내게 대단한 흥미를 자아냈을 뿐 아니라 그를 높이 보게 만든 때문이었다. 그는 훌륭한 교육을 받았으며 머리도 비상했다. 하지만 동시에 염세증에 빠져 있었으며 그 무엇엔가 열광했다가는 곧바로 우울증에 빠지는 괴팍한 성격의 소유자이기도 했다.

그에게는 책이 많았지만 책을 들여다보는 일은 거의 없었다. 그는 주로 사냥과 낚시로 소일했으며 가끔 해변이나 도금양 덤불 사이를 거닐며 조개를 줍거나 곤충 채집을 했다. 얀 수밤메르담(곤충을 주로 연구한 17세기 네덜란드의 생물학자)같은 사람이 그가 채집한 곤충들을 보았다면 아마 군침깨나 흘렸을 것이다.

그가 산책을 할 때면 대개 주피터라는 이름의 늙은 흑인이 함께 따라다녔다. 그는 르그랑의 가세가 기울기 전에 이미 노예에서 해방되었건만 마치 자신의 권리를 포기할 수 없다는 듯 '윌 주인님'의 꽁무니를 따라 다녔다. 위협을 하고 달래보아도 소용이 없었다. 어쩌면 르그랑의 정신 상태가 온전치 못하다는 것을 눈치챈 그의 친척들이 이 방랑자에 대한 감시 겸 보호자 역으로 삼기 위해 그런 결심을 주피터의 머릿속에 심어놓았는지도 몰랐다.

설리번섬은 위도 상 겨울 추위가 별로 혹심하지 않았으며 가을철에도 불을 피울 필요를 거의 느끼지 않았다. 그런데, 18xx년 10월 중순 어느 날, 난데없이 추위가 들이닥쳤다. 막 해가 질 무렵 나는 상록수 숲을 헤치며 내 친구의 오두막으로 향하고 있었다. 나는 당시 섬에서 15킬로미터 정도 떨어진 찰스턴에 살고 있었다. 오가는 교통편이 지금에 비해 형편이 없었기에 나는 몇 주 동안 그를 찾아보지 못한 참이었다.

오두막에 도착하자 나는 평소처럼 문을 두드렸다. 하지만 안에서는 아무 응답이 없었다. 열쇠를 숨겨 놓은 곳을 알고 있던 나는 열쇠를 찾아 문을 열고 안으로 들어갔다. 벽난로에서 불이 활활 타오르고 있었다. 예사롭지 않은 일이었지만 어쨌든 반갑지 않을 리 없었다. 나는 외투를 벗어던지고 통나무가 탁탁 소리를 내며 타고 있는 난롯가 안락의자에 앉아 느긋하게 주인이 돌아오기를 기다렸다.

날이 어두워지자마자 그들이 돌아와 나를 진심으로 반겨주었다. 주피터는 양쪽 귀밑까지 입이 벌어지도록 싱글거리면서 뜸부기로 저녁준비를 하느라 부산을 떨었다. 르그랑은 거의 발작적으로—글쎄, 어떻게 달리 표현할 수 있을까?—흥분해 있었다. 분명 신종에 속하는, 아직 알려지지 않은 쌍각조개를 발견했다는 것이었다. 하지만 그뿐이 아니었다. 그는 주피터의 도움으로 완전히 새로운 종(種)이 틀림없는 풍뎅이를 한 마리 사로잡았다고 말했다. 그리고 그 풍뎅이에 대한 내 의견을 내일 아침에 듣고 싶다고 했다.

"왜 오늘 밤이 아닌 거지?" 나는 장작불 위로 손바닥을 비비며 도대체 어떤 풍뎅이기에 저 난리를 치는지 그놈 꼬락서니를 당장 보고 싶었다.

"자네가 와 있을 줄 어찌 알았겠나!" 르그랑이 말했다. "암튼 자네를 본 지가 정말 오래 됐어. 그러니, 허구한 날 중, 하필이면 오늘 밤 찾아올 줄 어찌 알았겠나? 집으로 오는 길에 초소에서 돌아오던 G 중위를 만났어. 바보처럼 그 친구에게 풍뎅이를 빌려줬지 뭔가. 그래서 내일 아침까지는 자네가 그 풍뎅이를 볼 수가 없어. 오늘 밤 여기서 자고 가게. 해 뜰 무렵 주피터를 보내겠네. 세상 그 어느 것보다 아름다울 거야."

"뭐가? 동트는 게?"

"무슨 소리를! 그게 아니라 바로 그 풍뎅이 말일세. 온통 금빛으로 반짝인다니까! 커다란 호두만 해. 등 한쪽 끝에 새까만 점이 두 개 찍혀 있고 다른 쪽 끝에는 좀 기다란 점이 있어. 더듬이는······."

그때 주피터가 끼어들었다.

"윌 서방님, 그놈 속에는 주석이 들어 있지 않다고 줄곧 말씀드렸습죠. 그놈은 황금벌레예요. 온통 딱딱한 금으로 되어 있단 말입니다. 날개만 빼놓고 말입죠. 제 평생, 그놈 절반 무게가 나가는 놈도 만져본 적이 없단 말입니다."

"그래, 그건 그렇다 치고……." 르그랑이 대꾸했다. 내게는 필요 이상으로 지나치게 진지한 반응으로 보였다. "그렇다고 뜸부기 요리를 태울 것까지는 없잖아." 이어서 그는 내게로 얼굴을 돌리며 말했다. "그 색깔이라는 게 말이야."

"주피터가 그런 생각을 할 만 해. 그놈 딱지가 내뿜는 광채보다 더 찬란한 금속성 광채는 본 적이 없을 걸세. 하긴 내일 아침이 되기 전까지는 제대로 판단하기 어렵겠지. 어쨌든 내가 그놈 생김새를 자네에게 보여주겠네."

말을 마치자 그는 작은 탁자 앞에 앉았다. 탁자 위에 펜과 잉크는 있었지만 종이는 없었다. 그는 서랍을 열고 찾아보았지만 거기서도 종이를 발견할 수 없었다.

"상관없어. 이거면 될 거야." 그는 그 말과 함께 외투 주머니에서 지저분한 폐지 조각 같은 것을 꺼내더니 그 위에 펜으로 대충 그림을 그렸다. 그가 그림을 그리는 동안 나는 여전히 추위를 느끼고 불 가까이 바싹 붙어 앉아 있었다. 그림을 완성한 뒤 그는 자리에 앉은 채 내게 그림을 건네주었다.

그림을 받아드는 순간 문밖에서 으르렁거리는 소리가 들리더니 이어서 문을 긁는 소리가 들렸다. 주피터가 문을 열어주자 커다란 뉴펀들랜드종 개가 한 마리 뛰어 들어오더니 내 어깨에 두 다리를 올려놓고 나를 마구 핥아대기 시작했다. 르그랑이 기르는 개로서 전에 내가 이곳을 찾아왔을 때마다 귀여워해주던 놈이었다. 녀석의 반가운 인사가 끝난 뒤에야 나는 종이를 들여다보았다. 그런데 솔직히 내 친구가 묘사한 그림을 보고 적잖이 당황했다.

나는 잠시 그 그림을 유심히 바라본 뒤에 말했다.

"그래, 정말 이상한 풍뎅이인 게 맞는군. 새로운 놈이야. 전에는 본 적이 없어. 이게 해골이나 죽은 사람 머리라면 모를까……. 이건 아무리 봐도 해골과 너무 닮았어."

"해골이라!" 르그랑이 즉시 내 말을 받았다. "그래, 좋아! 종이 위에 그린 모양이 해골 비슷하긴 하겠군. 위에 있는 까만 점 두 개가 눈 같다 이거지? 음, 바닥에 있는 긴 점은 입 비슷한 데다 전체 모양이 타원형이니까."

"그럴지도 몰라." 내가 말했다. "하지만 이보게, 자네는 화가

가 아니잖은가. 그놈 실제 모습이 어떤지 제대로 알려면 아무래도 그 딱정벌레를 직접 봐야 할 것 같군."

그러자 그는 약간 화난 목소리로 말했다.

"글쎄, 그럴까? 나도 웬만큼 그리는 편인데……. 당연히 그 정도는 돼야지. 좋은 선생 밑에서 배운 데다, 돌대가리는 아니라고 자부하고 있는데……."

"하지만 이 사람아, 그렇다면 자네는 지금 농담하고 있는 거야. 이건 정말 그럴 듯한 두개골이야. 생리학 표본으로 딱 알맞은 썩 훌륭한 두개골이라니까. 만일 자네가 잡은 풍뎅이가 이 그림과 닮았다면 세상에서 제일 야릇한 풍뎅이가 될 거야. 이거, 무슨 스릴 만점의 미신을 불러 일으킬만한 암시일지도 모르겠군. 자네 이 풍뎅이를 인두(人頭) 풍뎅이나 그 비슷한 명칭으로 부르겠군. 박물학에는 비슷한 명칭이 많이 있지 않은가? 그런데, 자네가 말한 더듬이는 어디 있지?"

"더듬이?!" 르그랑은 더듬이 이야기가 나오자 무척 흥분한 것 같았다. "분명히 더듬이가 보일 텐데. 곤충에 달려 있는 모습 그대로 그렸거든. 분명히 눈에 띌 텐데."

"아, 좋아, 좋아. 아마 자네는 그려 넣었겠지. 하지만 내 눈에는 여전히 안 보이는데."

나는 그의 비위를 건드리고 싶지 않아 더 이상 말을 삼간 채 종이를 그에게 건네주었다. 그런데 내가 놀랄 정도로 사태가 급변했다. 그가 너무 기분 나빠하는 바람에 당황할 수밖에 없었다. 정말로 그의 딱정벌레 그림에 더듬이는 보이지 않았으며 전체 모양은 아무리 보아도 보통 해골 그림과 비슷했다.

　그는 언짢은 표정으로 종이를 받아들더니 꾸깃꾸깃 구겼다. 분명히 불 속에 던져버릴 기세였다. 그런데 우연히 그림에 흘낏 눈길을 준 그가 갑자기 종이를 주의 깊게 살피기 시작했다. 순간 그의 얼굴이 확 달아오른 듯 새빨개지더니 곧바로 해쓱해졌다. 이어서 그는 자리에 앉은 채 한동안 그림을 세밀하게 살펴보았다. 마침내 그는 자리에서 일어나더니 탁자에서 촛불을 집어 들고 방 끝 구석에 놓여 있던 궤짝 위에 앉았다. 그곳에서 그는 다시 종이를 이리저리 뒤집으며 열심히 살펴보았다. 그는 아무 말이 없었고 그의 그런 행동에 나는 크게 놀랐다. 나는 선불리 내 의견을 꺼내어 변덕스러운 그의 까다로운 성미를 건드리지 않는 게 상책이라고 생각하고 얌전히 있었다.

　그는 이내 외투 주머니에서 지갑을 꺼내더니 종이를 조심스럽게 그 안에 넣은 뒤 책상 서랍에 넣고 잠가버렸다. 이제 그의 태도가 조금 누그러졌고 열에 들떴던 애당초의 표정은 거의 사라지고 없었다. 그는 부루퉁해 있다기보다는 차라리 멍한 상태인 것 같았다.

저녁이 깊어감에 따라 그는 점점 더 깊은 몽상에 빠져들었고 내가 아무리 농담을 걸어도 그 상태에서 빠져나오지 않았다. 애당초 나는 평소처럼 오늘 밤 이 오두막에서 묵고 갈 생각이었다. 하지만 주인이 이런 기분에 잠겨 있는 것을 보고는 떠나는 것이 낫겠다고 생각했다. 그는 굳이 나를 붙잡지는 않았지만 내가 떠날 때 평소보다 더 다정하게 악수를 해주었다.

그로부터 한 달 뒤(그동안 나는 르그랑을 만나지 못했고 소식도 전혀 듣지 못했다) 찰스턴의 내 집으로 그의 충복 주피터가 찾아왔다. 나는 그 선량한 흑인이 그토록 풀이 죽어 있는 모습은 본 적이 없었기에 내 친구에게 무슨 심각한 변고라도 생긴 것이 아닌지 두려웠다.

"헌데, 주피터, 대체 무슨 일인가? 주인은 잘 지내는가?"

"웬걸입쇼. 사실 말씀입죠, 나리는 별로 편치 못하십니다요."

"뭐야? 편치가 않아? 그거 유감이군. 어디가 좋지 않은가?"

"아, 글쎄 말입니다. 아프신 데는 아무 데도 없습죠. 그치만 굉장한 병에 걸리셨습니다요."

"큰 병에 걸렸다고! 주피터, 왜 진작 연락하지 않은 거야? 그래, 자리에 누워 꼼짝도 못하나?"

"아닙니다요. 누워계시다니요. 그래서 제가 속이 더 상하는구만요. 주인님이 불쌍해서 맴이 무겁습니다요."

"주피터, 도대체 무슨 소리를 하고 있는 거야? 자네 주인이 편찮으시다고 하지 않았나? 그래 어디가 아프다고 하던가?"

"아이고, 왜, 주인님은 정말 별 것도 아닌 걸 갖고 그러는지? 입으로야 아무 일 없다고 그러면서. 근데 왜 어깨는 처지구, 고개는 숙이구 도깨비처럼 얼굴이 해쓱해 가지고는 한쪽만 뚫어지게 바라보면서 왔다 갔다 하는가, 이 말씀입니다요. 그리고 주구장창 징그런 촉수가 꾸물거리는 흡관(吸管)만 그리고 계십니다요."

"주피터, 뭘 그린다고?"

"아, 판에다 숫자를 써 가며 흡관을 그리는데, 그런 건 본 적이 없다니까요. 우째, 으스스하구만요. 두 눈 시퍼렇게 뜨고 지켜봐야 쓰겠구만. 은젠가는 해가 뜨기도 전에 몰래 빠져나가설랑, 온종일 돌아오지 않았습지요. 돌아오시면 정신 번쩍 들게 두들겨 패려고 몽둥이 하나 준비해 놓았습죠. 하지만 나도 멍청이지. 맴이 약해 그러지 못했습니다요. 주인님이 엄청 불쌍해 보여서요."

"뭐라고? 그래, 잘했어. 불쌍한 사람에게 너무 모질게 굴면 안 되는 법이야. 주피터, 주인에게 매질을 하면 못써. 그 친구는 매질을 당해내지 못할 거야. 그런데 주인이 왜 그렇게 되었는지 생각나는 거 없나? 왜 갑자기 행동이 그렇게 바뀌었는지 말이야. 내가 갔다 온 뒤에 뭔가 안 좋은 일이 있었나?"

"없습니다요. 아무 일도 없었습지요. 제가 보기엔 그 이전으로 보이는 뎁쇼. 그러니까, 나리께서 다녀가셨던 바로 그 날 말씀입지요."

"뭐라고? 무슨 말이야?"

"나리, 그 벌레 말씀입니다요. 아직 거기 있습니다요."

"뭐? 그 벌레?"

"맞습니다요. 월 나리께서는 고놈한테 머리를 물린 게 틀림없습니다요."

"아니, 어째서 그런 생각을 하는 건가?"

"나리, 발톱은 말할 것도 없구 입도 그렇습니다요. 그런 끔찍한 버러지는 처음 봤습니다요. 그저 가까이 있는 건 죄다 걷어차고 물고합니다요. 월 나리가 미쳐서 싸댕기는 놈을 잡았지만 금세 도망가부렀습죠. 그때 물린 게 틀림없다니까요. 저는 그놈의 주둥이도 꼴보기 싫었습죠. 그래서 손가락으로 잡지 않구 굴러다니는 종잇조각으로 잡았다니까요. 그놈을 종이로 싸 갔구서 놈의 주뎅이에 종이를 쑤셔 넣었습니다요. 일이 고렇게 된 거지요."

"그렇다면 자네는 윌이 정말 풍뎅이에게 물려서 병이 났다고 생각한단 말인가?"

"아, 생각하는 게 아닙니다요. 틀림없이 그렇다니까요. 고놈 헌티 물리지 않았다문 윌 나리께서 왜 고렇게 황금 꿈만 꾸시느냐 이겁니다요. 저는 전에도 황금벌레 이야기를 들었습지요."

"그런데 자네 주인이 황금 꿈만 꾼다는 건 어떻게 아는가?"

"어찌 아느냐고요? 아, 주무시는 동안에 중얼거리는 소리를 들어서 알지요. 확실하다니까요."

"주피터, 됐네. 자네 말이 옳을 거야. 그런데 자네가 이렇게 고맙게 나를 찾아주다니 무슨 특별한 볼일이라도 있나?"

"뭔 일이라니요?"

"르그랑 주인 나리가 무슨 전할 말이 있었느냐 이거네."

"그런 말씀은 없었습지요. 대신 여기에 봉투가 있습니다요."

이어서 주피터는 편지를 한 통 건네주었다. 그 내용은 다음과 같다.

친애하는 **에게

왜 이렇게 오랫동안 얼굴을 볼 수 없는 건가? 내가 좀 무뚝뚝하게 굴었다고 해서 불쾌해하는 건 아니겠지? 그래, 절대로 그럴 리 없어. 자네를 본 이후 큰 골칫거리가 하나 생겼다네. 자네에게 해줄 말이 있는데 어떻게 말해야 할지 모르겠고, 말을 해줘야 하는지 아닌지도 판단이 서지 않는다네.

지난 며칠 간 정말 편치 못했다네. 물론 선의(善意)에서이겠지만 저 딱한 주피터가 견딜 수 없을 만큼 나를 괴롭힌다네. 자네가 믿을지 모르지만 언젠가는 나를 벌주겠다고 커다란 몽둥이를 준비하고 있던 적도 있었다네. 그를 몰래 떼어 놓고 육지에 있는 언덕에서 혼자 지내고 온 날이었지. 매를 면할 수 있었던 것은 오로지 내 얼굴빛이 병색이었던 덕분이었던 게 확실하다네.

우리가 만났던 이후로 곤충 표본집에 더 추가된 것은 없다네.

어쨌든 형편이 된다면 주피터와 함께 이곳으로 오게나. 꼭 와주길 바라네. 중대한 용건이 있으니 자네를 오늘 밤

봤으면 하네. 단언하지만 아주 중요한 일이라네.

충실한 벗 윌리엄 르그랑

편지의 어투에는 뭔가 나를 불안하게 만드는 것이 있었다. 편지 전체의 문체가 평소 때의 르그랑과는 크게 달랐다. 도대체 그가 무슨 꿈을 꾸고 있는 것일까? 무슨 새로운 변덕이 그의 흥분하기 쉬운 머릿속에 자리 잡고 있는 것일까? 그가 처리해야 할 '아주 중요한 일'이 무엇일까? 르그랑에 관한 주피터의 이야기들은 예감이 별로 좋지 않았다. 계속 불운한 일을 겪다보니 결국 내 친구의 정신마저 이상해진 게 아닌가하는 두려운 생각까지 들었다. 나는 한 시도 지체하지 않고 주피터와 함께 떠날 준비를 했다.

부두에 도착해서 배에 타려다 보니 배 밑바닥에 새것임이 분명한 낫 한 자루와 삽 세 자루가 눈에 띄었다.

"이게 다 뭔가, 주피터?"

"낫하고 삽입지요, 나리."

"맞아. 헌데 이게 왜 여기 있는 거지?"

"월 서방님이 읍내에 가서 사오라고 분부하신겁니다요. 헌디, 그 악당 놈들이 어찌나 벗겨먹으러 들던지."

"정말 별일도 다 있군. 그래, 뭘 주인님이 이 낫과 삽으로 뭘 하겠다는 건가?"

"제가 알 턱이 있습니까요. 제길, 주인 나리인들 알 리가 있나요. 다 그놈의 벌레 장난인 걸요."

주피터의 온 정신이 그 '망할 놈의 벌레'에 빠져 있는 탓에 흡족한 답을 들을 수 없으리라 생각하고 나는 배에 올라 출발했다. 순풍 덕에 우리는 곧바로 몰트리 초소 북쪽에 있는 작은 만(灣)으로 배를 몰았다. 우리는 그곳에 배를 세워둔 후에 3킬로미터쯤 걸어서 오두막에 도착했다. 우리가 도착했을 때는 오후 3시 경이었다.

르그랑은 우리를 눈이 빠지게 기다리고 있었다. 그가 하도 흥분해서 내 손을 잡는 바람에 나는 깜짝 놀랐으며, 이미 품고 있던 의혹이 더욱 더 짙어졌다. 그의 안색은 창백하다 못해 마치 시체처럼 해쓱했으며 푹 꺼진 눈에서는 기괴한 빛이 번득이고 있었다. 나는 그의 건강에 대해 몇 마디 물은 후에, 무슨 말을 꺼내야 할지 난감해서 G 중위에게서 풍뎅이를 돌려받았느냐고 물었다.

"물론이지." 그는 흥분한 기색을 보이며 대답했다. "다음 날 바로 가서 찾아왔지. 이제 무슨 일이 있어도 그 풍뎅이는 남에게 주지 않을 거야. 자네, 주피터가 그 곤충에 대해서 한 말 기억하나? 그 말이 옳았어."

"무슨 말?" 나는 그에게 되물으면서 마음속으로 뭔가 불길한 예감을 느꼈다.

"그놈이 진짜 황금으로 되어 있는 것 같다고 했잖아."

그가 하도 진지하게 말하는 바람에 나는 덜컥 가슴이 내려 앉는 것 같았다. 그가 의기양양한 미소를 지으며 말을 이었다.

"이 벌레가 내게 행운을 가져다줄걸세. 우리 가문의 재산을 되찾게 해줄 거야. 그러니 내가 그놈을 어찌 소중히 여기지 않을 수 있겠는가? 운명의 여신이 그놈을 내게 베풀어주었으니 내가 그걸 제대로 이용하기만 하면 황금을 얻게 될 걸세. 그놈이 바로 황금에 이르는 길을 알려주는 길잡이란 말일세. 주피터, 그 풍뎅이를 가져와."

"나리, 뭐라곱쇼? 그 벌레를요? 그놈의 벌레는 건드리기도 싫습니다요. 나리께서 직접 가져오셔야겠는뎁쇼."

그러자 르그랑이 진지하고 위엄 있는 표정으로 자리에서 일어나더니 유리 상자 속에 넣어두었던 벌레를 가지고 왔다. 정말 아름다운 풍뎅이였으며 당시에는 박물학자들에게 알려져 있지 않은 종(種)이어서 과학적으로도 대단히 가치가 있는 곤충이었다. 등 한 쪽 끝에는 두 개의 둥근 검은 점이 있었고 다른 쪽 끝 가까이에는 기다란 점이 있었다. 껍질은 매우 딱딱했으며 마치 잘 닦아 놓은 금처럼 반짝거렸다. 곤충의 무게가 상당했기에 어느 점으로 보나 주피터가 그런 생각을 한다고 해서 나무랄 수만은 없었다. 하지만 르그랑이 왜 그의 의견에 전적으로 동의를 표하는 것인지는 좀 생각해볼 문제였다.

"내가 자네를 부른 건……." 내가 풍뎅이를 자세히 살피고 나자 르그랑이 호언장담하듯 말했다. "자네를 오라고 한 건, 운명의 여신과 이 벌레가 가리키고 있는 걸 밝혀나가려면 자네의 충고와 도움이 필요해서라네."

"이보게, 르그랑." 나는 그의 말을 끊고 외쳤다. "자네는 분명 몸이 안 좋아. 좀 조심하는 게 좋겠어. 자, 침대로 가서 눕게. 자네가 회복될 때까지 내가 이곳에 며칠 머물겠네. 열도 있는 것 같군. 게다가……."

"맥을 짚어봐." 그가 말했다.

나는 맥을 짚어 보았다. 그런데 정말로 그에게 열이 있다는 징조는 조금도 없었다.

"아프다고 해서 꼭 열이 나는 건 아니지. 자, 이번만은 내 처방대로 하게. 우선 가서 눕게. 그 다음에는……."

"자네, 오진(誤診)했어." 그가 내 말을 막았다. "내가 좀 흥분해 있긴 하지만 더없이 건강해. 정말로 나를 편하게 해주려면 이 흥분을 가라앉혀주기만 하면 돼."

"그래, 어떻게 하면 되겠나?"

"아주 쉬워. 주피터와 내가 본토에 있는 언덕으로 탐사를 가려 하네. 그런데 이 탐사에는 우리가 믿을 수 있는 사람의 도움이 필요해. 자네는 우리가 믿을 수 있는 유일한 사람이야. 우리가 성공하건 실패하건 자네가 지금 보고 있는 나의 흥분은 가라앉게 될 거야."

"나야 어떤 식으로건 자네가 하자는 대로 하고 싶네만……." 내가 대꾸했다. "그런데, 이 망할 놈의 풍뎅이가 그 언덕 탐사와 연관이 있다는 건가?"

"있지."

"그렇다면, 르그랑, 나는 그런 터무니없는 일에는 함께 할 수 없네."

"섭섭하군. 정말 섭섭해. 그렇다면 우리끼리 해보는 수밖에."

"자네들끼리 해본다고! 이 사람 정말 미쳤군! 잠깐, 잠깐! 그래, 대체 얼마 동안 집을 비울 작정인가?"

"아마 밤을 새우게 될 거야. 지금 당장 떠날 걸세. 그리고 무슨 일이 있어도 동틀 무렵까지는 돌아올 걸세."

"그렇다면 명예를 걸고 약속할 수 있겠나? 자네의 이상한 짓이 끝나고 그 벌레 사업(오. 맙소사!)이 만족스럽게 해결된다면 집으로 돌아와 내 충고를 의사의 충고로 알고 따르겠나?"

"물론, 약속하지. 자 이제 떠나세. 더 이상 우물쭈물할 시간이 없어."

나는 무거운 마음으로 친구를 따라나섰다. 우리는—르그랑과 주피터 그리고 개와 나—4시경에 출발했다. 주피터가 낫과 삽을 가지고 갔다. 그가 그것들을 모두 자신이 갖고 가겠다고 고집을 부린 것이다. 내가 보기에는 그 연장들을 주인에게 맡기는 것이 위험하다고 여겼기 때문인 것 같았다. 그는 불만 가득찬 뻣뻣한 태도를 보였으며 걸어가는 내내 그의 입술에서 나온 말이란 "저 놈의 지긋지긋한 버러지 새끼"라는 푸념이 고작이었다. 나는 불을 켜지 않은 등(燈) 두 개를 들고 가는 임무를 맡았고 르그랑은 풍뎅이를 들고 가는 것으로 만족했다. 그는 풍뎅이를 채찍 비슷한 것 끝에 매달고 마치 마술사처럼 가는 도중 앞뒤로 흔들어댔다.

나는 내 친구가 정신 이상임을 보여주는 이 마지막 확실한 증거를 바라보며 눈물이 흐르는 것을 막을 수 없었다. 하지만 나는 최소한 지금으로서는, 혹은 저 친구를 확실히 제정신이 들게 만들 수 있는 보다 적극적인 방법을 찾아낼 수 있을 때까지는 그의 기분을 맞춰주는 것이 최선이라고 생각했다. 가는 도중 나는 이 탐사의 목적에 대해 그의 심중을 떠보려고 노력했지만 허사였다. 일단 나를 이 탐사에 동행하게 만드는 데 성공했으니 하찮은 일에 대해서는 이야기를 나누고 싶지 않아 하는 것 같았다. 내가 무슨 질문을 해도 그는 "두고 보면 알게 될 거야"라는 대답만 했을 뿐이다.

우리는 작은 보트를 타고 섬 머리 쪽의 샛강을 건넜다. 이어서 본토 해안지대 고원에 오른 다음 서북쪽으로 방향을 잡고 사람의 발길이라고는 눈을 씻고 찾아도 보이지 않는 이루 말할 수 없이 황량한 지역을 지나갔다. 르그랑이 확신에 차서 길을 이끌었다. 다만 가끔 여기저기서 잠시 발걸음을 멈추고 그가 전에 왔을 때 자신만 알아볼 수 있게 해놓았음이 분명한 표시를 확인했을 뿐이었다.

그런 식으로 우리는 두 시간 정도 걸었고, 해가 질 무렵에 이제까지 지나 온 곳보다 훨씬 더 황량한 곳으로 들어섰다. 도저히 사람의 접근이 불가능한 산꼭대기 근처의 일종의 고원 같은 곳이었으며, 아래 바닥 쪽부터 산꼭대기까지 나무가 빽빽하게 우거져 있었다. 그리고 여기저기 땅 위에 바위들이 아무렇게나 나뒹굴고 있는 듯 널려 있었으며 대부분의 바위가 오로지 나무 둥치들이 떠받쳐주는 덕분에 아래로 굴러 떨어지지 않고 있는 것 같았다. 사방으로 뻗쳐나간 협곡들이 이곳 풍경을 한결 장엄하게 만들어주고 있었다.

우리가 겨우 기어 올라간 천연 고원지대는 가시나무가 빽빽하게 자라고 있어서 낫이 없이는 한 발자국도 앞으로 나아갈 수 없었다. 주피터는 주인의 지시에 따라 어마어마하게 키 큰 튤립나무 한 그루가 서 있는 곳까지 길을 냈고 우리는 그의 뒤를 따랐다. 그 나무는 열 그루 정도의 참나무들 사이에 우뚝 솟아 있었다. 어마어마한 키에 아름다운 잎은 물론이고, 가지가 시원하게 펼쳐져 있는 모습이나 위풍당당한 풍채가 내가 이제까지 본 그 어떤 나무들도 압도할 만했다.

우리가 그 나무 아래 이르자 르그랑은 주피터를 돌아보고 그 나무 위로 올라갈 수 있겠느냐고 물었다. 늙은 하인은 그 질문에 약간 당황한 듯 잠시 대꾸를 하지 못했다. 잠시 후 그는 거대한 나무 둥치 앞으로 걸어오더니 나무 주변을 돌며 자세히 살피기 시작했다. 이윽고 정밀 검사가 끝나자 간단하게 이렇게 말했다.

"합죠, 주인님. 주피터는 살아오는 동안 못 오른 나무가 없습니다요."

"그렇다면 당장 올라가보게. 금세 어두워져서 앞이 안 보일 것 같아."

"주인님, 얼마나 높이 올라갈까요?"

"우선 나무 둥치를 타고 죽 올라가게. 그런 다음 어디로 가야 하는지 일러줄 테니. 이봐, 잠깐만! 이 풍뎅이를 갖고 올라가!"

"그 벌레를요! 아니, 주인님, 그 벌레를 갖고 올라가란 말씀입니까?" 주피터가 기겁한 듯 뒤로 물러서며 외쳤다. "아니, 왜 벌레를 갖고 올라간단 말입니까? 죽어도 못합니다."

"아니, 주피터, 자네처럼 덩치 큰 친구가 아무 해도 끼치지 않을 이 조그만 죽은 풍뎅이 따위를 무서워하는 거야? 정 그렇다면 여기 끈에 매달고 올라가. 어쨌든 이놈을 갖고 올라가야 해. 만일 그러지 않는다면 이 삽으로 네 머리통을 까부셔버리겠어!"

"주인님, 왜 이러십니까요?" 톡톡히 망신을 당한 주피터는 고분고분한 말투로 변했다. "그저, 이 늙은 검둥이를 혼낼 궁리만 하신다니까. 아, 농담한 걸 갖고 뭘 그러십니까요. 내가 저깟 버러지를 무서워해요? 이깟 버러지 따위가 뭔데!"

이어서 그는 조심스럽게 줄 끝을 잡더니 가능한 한 벌레를 자기 몸에서 멀리 떨어지게 한 다음 나무에 오를 준비를 했다.

튤립나무 혹은 학명으로 리리오덴드론 튤립피페라라는 이 나무는 북미 대륙에서 가장 장엄한 나무로, 어릴 때는 그 줄기가 유난히 매끄러우며 곁가지를 뻗지 않은 채 상당한 높이까지 우뚝 자라는 것이 그 특징이다. 그러나 원숙기에 이르면 껍질이 울퉁불퉁해지고 수많은 짧은 가지 줄기에서 뻗어나간다. 그래서 그 나무에 오르는 것은 실제보다 훨씬 어려워 보였다.

주피터는 팔과 무릎으로 거대한 원기둥을 가능한 한 힘껏 끌어안은 다음, 두 손으로 튀어 나온 곳을 붙잡고 벗은 발가락으로 다른 곳을 디디며 나무에 오르기 시작했으며 한두 번 떨어질 뻔하다가 간신히 나무에 매달려 버둥거리면서 마침내 첫 번째 큰 갈래에 이르렀다. 그는 이제 오를 때까지 다 올라왔다고 생각하는 것 같았다. 땅으로부터 20미터 정도의 높이에 있었으며 이 임무의 위험한 고비는 다 넘긴 셈이었다.

"주인님, 이제 어디로 가야합니까?" 그가 물었다.

"제일 큰 가지로 올라가게. 이쪽으로 난 가지 말이야." 르그랑이 말했다.

주피터는 재빨리 시키는 대로 했다. 별로 힘이 들지 않는 것 같았다. 그가 점점 더 높이 올라감에 따라 그의 웅크린 모습이 나뭇잎에 가려져 더 이상 보이지 않게 되었다. 이윽고 "저, 주인님!" 하는 그의 목소리가 멀리서 들려왔다.

"얼마나 더 올라가야 됩니까요?"

"지금 얼마나 올라갔어?" 르그랑이 물었다.

"엄청 높이 올라왔습니다요." 주피터가 대답했다. "나무 꼭대기 위로 하늘이 보입니다요."

"하늘같은 건 신경 쓰지 마. 대신 내가 하는 말이나 잘 들어. 밑에 나무 둥치를 내려다보고 가지들을 세어봐. 몇 개의 가지를 지나쳤나?"

"하나, 두울, 셋, 넷, 다섯! 주인님, 이쪽으로 다섯 개 큰 가지를 지나쳐 왔는뎁쇼."

"그렇다면 가지 한 개만 더 지나쳐 올라가도록 해."

2~3분 후 주피터가 외치는 소리가 들렸다. 일곱 번째 가지에 도달했다는 통보였다.

"그렇다면, 주피터!" 르그랑이 외쳤다. 그는 무척이나 흥분해 있었다. "그 가지를 타고 갈 수 있는 데까지 가봐. 뭐, 이상한 거라도 있으면 즉시 알려주고."

이제까지 나는 이 불쌍한 친구가 정신이 이상해진 것이 아닌가 약간 의심하는 정도였지만 이제는 완전히 확신하게 되었다. 나는 그가 정신병에 걸렸다고 단정하고 이 친구를 어떻게 무사히 집으로 데려갈 것인지 심각하게 걱정하기 시작했다. 도대체 어떻게 하는 게 상책일까 곰곰 생각에 잠겨 있는데 다시 주피터의 목소리가 들렸다.

"주인님, 이 가지를 타고 멀리 가려니 무서워 죽겠습니다요. 이건 통째로 죽어버린 가지인뎁쇼."

"뭐야? 죽은 가지란 말이지?" 르그랑이 떨리는 목소리로 물었다.

"네, 주인님! 완전히 죽어서 뻣뻣합니다요. 아예 이승과 하직했구만요."

"제길, 이제 어쩌지?" 르그랑이 크게 낙담한 듯 말했다.

"어쩌긴 뭘 어째?" 마침내 끼어들 기회가 왔기에 옳다구나 하고 내가 말했다. "자, 집으로 가서 잠을 자도록 하세. 자, 내 말을 들으라니까! 그게 똑똑한 짓이야! 날도 저물고 있고, 게다가 나와 약속도 하지 않았나?"

"주피터!" 르그랑이 내 말에는 전혀 아랑곳하지 않고 외쳤다. "내 목소리 들리지?"

"네, 주인님! 아주 똑똑히 들립니다요."

"그렇다면 칼로 나무를 깎아봐. 완전히 썩었는지 보라고."

잠시 뒤에 주피터의 목소리가 들렸다.

"썩었어요, 주인님! 아주 완전히 썩었습니다요. 그치만 생각만큼 심하지는 않습니다요. 사실 지 혼자라면 저 앞까지 나가보겠구만요."

"자네 혼자라면이라니? 그게 무슨 소리야?"

"아, 이놈의 벌레 말입니다요. 이놈이 좀 무겁습니까요? 이놈만 땅에 떨어뜨린다문 이 검둥이 한 몸 무게로는 가지가 부러지지 않겠구면요."

"이런 벼락 맞을 놈!" 르그랑이 소리쳤다. 하지만 뭔가 안심이 된 것이 분명했다. "무슨 그런 개떡 같은 소리를 지껄이는거냐! 만일 그 풍뎅이를 떨어뜨려봐라! 모가지를 분질러버릴테니! 이봐, 주피터! 내 말 듣고 있는 거냐?"

"그러문요. 아, 이 하찮은 검둥이를 그렇게 야단치실 거 있습니까요?"

"됐어. 이제 내 말이나 잘 들어. 자, 가지가 부러지지 않을 것같은 데까지 쭉 타고 나가. 풍뎅이를 떨어뜨리지 않는다면 네가 내려오자마자 은화 1달러를 선물로 줄 테니."

"자, 이제 갑니다요, 주인님! 정말입니다요." 주피터가 재빨리 대답했다. "이제 끝까지 다 와 갑니다요."

"끝까지라고!" 주피터의 말에 르그랑이 한껏 고함을 질렀다. "가지 끝에 왔단 말이지?"

"아니, 금방 다 와 갑니다요. 으, 주인님……. 으으윽……. 맙소사! 아니, 이 나무 위에 이게 뭐야!"

"됐어!" 르그랑이 기쁨에 겨워 소리쳤다. "그래, 뭐가 보이는데?"

"애구, 딴 것도 아니고 해골인뎁쇼. 웬 놈의 대갈통을 나무 위에 매달아놓았는지 까마구가 살은 죄다 파먹었구먼요."

"해골이라고 그랬지? 좋아! 그런데 그게 어떻게 가지에 매달려 있지?"

"알았습니다요. 봐야 알지요. 애고, 이거 참말로 요상하네요. 아, 커다란 못이 해골 속에 있습니다요. 그놈으로 나무에 박아놓았습죠."

"좋아. 이제부터 내가 시키는 대로 해. 주피터, 내 말 똑똑히 들리지?"

"네, 주인님."

"자, 잘 들어. 그 해골의 왼쪽 눈을 찾아."

"허, 이거 참! 좋습니다요! 그런데 왼쪽 눈이 안 보이는뎁쇼."

"이런 멍청한 놈! 그래, 오른손, 왼손도 구분 못한딘 말이냐?"

"아, 그거야 알지요. 훤히 알고 있습니다요. 지가 나무를 패는 손이 왼손 아닙니까요."

"맞아! 너는 왼손잡이지! 네 왼쪽 눈이 네 왼손하고 같은 쪽에 있어. 그러니 해골에서 왼쪽 눈을 찾을 수 있을 거야. 아니, 그게 아니라, 왼쪽 눈이 있던 곳 말이야. 어디 찾았어?"

이번에는 한동안 아무런 대답도 하지 않았다. 마침내 주피터가 물었다.

"그러니까 해골바가지 왼쪽 눈도 왼쪽 손이 있던 데 있단 말씀입지요? 이놈의 해골바가지에 손이란 건 눈 씻고 봐도 없으니 말입니다요. 염려맙쇼! 자, 이제 왼쪽 눈을 찾았습니다요. 이게 바로 왼쪽 눈인뎁쇼. 이제 어떻게 할까요?"

"그 구멍을 통해 풍뎅이를 내려뜨려. 끈이 자라는 데까지 말이야. 끈을 놓치지 않도록 조심하고."

"다 했습니다요, 주인님. 구멍으로 벌레를 내려 보내는 거야 식은 죽 먹기입죠. 밑에서나 잘 살펴보십쇼."

이런 대화가 오가는 중에 주피터의 몸뚱이는 전혀 보이지 않았다. 하지만 어렵사리 아래로 내려온 풍뎅이가 끈 끝에 매달려 있는 것이 보였다. 풍뎅이는 뉘엿뉘엿 넘어가면서 겨우 우리들이 서 있는 지대만을 희미하게 비추고 있는 저녁 햇살을 받아 잘 닦은 금 구슬처럼 반짝거렸다. 풍뎅이를 그대로 내려 뜨린다면 가지 한 군데에도 걸리지 않고 바로 우리들 발치로 떨어질 것이 분명했다.

르그랑은 재빨리 낫을 집어 들더니 벌레가 대롱대롱 매달려 있는 곳 바로 아래 자리로부터 직경 3~4미터 정도 되는 둥근 지역의 풀을 베어 공지로 만들었다. 그다음 주피터에게 끈을 놓고 나무에서 내려오라고 명령했다. 곧이어 주피터가 땅으로 내려왔다.

그 사이 르그랑은 풍뎅이가 떨어진 바로 그 자리에 아주 정확하게 말뚝을 박은 다음 주머니에서 줄자를 꺼냈다. 이어서 그는 줄자의 한쪽 끝을 말뚝에서 가장 가까운 나무 둥치에 묶은 뒤 그 줄을 말뚝까지 풀었다. 그런 뒤에 그는 나무와 말뚝에 의해 정해진 방향으로 15미터 정도 더 줄자를 풀어나갔다.

그 사이 주피터는 낫으로 가시나무를 쳐 없앴다. 그런 방법으로 찾아낸 곳에다 그는 말뚝을 박고 그것을 중심으로 지름 120센티미터 정도의 원을 대충 그렸다. 이어서 그는 삽을 들고 그곳을 파기 시작하면서 주피터와 내게도 삽을 한 자루씩 주더니 될 수 있는 대로 빨리 땅을 파달라고 했다.

솔직히 나는 그 어떤 경우건 이런 식의 놀이에는 취미가 없었다. 게다가 이런 유별난 경우에는 특히 사양하고 싶었다. 이미 밤이 다가오고 있는데다 이제껏 치른 고역으로 인해 몸은 피곤하기 그지없었던 것이다. 하지만 적당히 피할 방도도 없는데다 거절이라도 했다가는 겨우 가라앉은 불쌍한 내 친구의 속을 뒤집어놓을 것만 같았다. 정말 주피터의 도움을 받을 수만 있다면 이 미친 친구를 강제로라도 집으로 끌고 가고 싶은 심정이었다. 하지만 나는 이 검둥이의 마음을 너무나 잘 알고 있었다. 그의 주인과 내가 맞서고 있는 상황에서 그가 나를 도우리라고 기대한다는 것은 어불성설이었다.

나는 내 친구가 보물이 묻혀 있다는 미국 남부에 떠도는 수많은 미신 중의 하나에 사로잡혀 있다고 확신했다. 게다가 이상한 풍뎅이를 발견한데다 주피터가 그 벌레는 순금으로 되어 있다고 우기는 바람에 그 믿음이 확신으로 바뀐 것이리라.

광기에 사로잡힐 확률이 높은 사람은 쉽게 그런 암시에 걸려드는 법이며, 특히 평상시 사로잡혀 있던 선입관과 일치리도 하는 날이면 더욱 그런 법이다. 나는 내 가엾은 친구가 "그놈이 바로 황금에 이르는 길을 알려주는 길잡이란 말일세"라고 했던 말을 떠올렸다. 이런 저런 생각을 하다보니 심란해져서 나는 어찌할 바를 몰랐다.

나는 마지못해서라도 그가 부탁한 일을 해주기로 결심했다. 그냥 기분 좋게 땅을 파주기로 결심한 것이다. 그리하여 한시라도 빨리 이 몽상가에게 자신이 잘못된 생각을 품고 있었음을 두 눈으로 직접 확인하고 깨닫게 해주는 것이 상책이라고 생각했다.

우리는 램프 불을 밝힌 후, 마치 무슨 합리적인 동기나 있는 듯이 열심히 땅을 파기 시작했다. 환한 불빛을 받고 있는 우리들과 연장들이 어우러져 마치 한 폭의 그림 같겠구나, 만일 누군가 우연히 지나가다가 우리의 모습을 본다면 얼마나 이상하고 의심스럽게 보일까 하는 생각이 드는 것을 어쩔 수 없었다.

우리는 두 시간에 걸쳐 꾸준히 땅을 팠다. 별로 이야기도 나누지 않았다. 하지만 개가 짖어대는 것이 곤란한 일이었다. 녀석은 우리가 하는 일이 너무 재미있는 모양이었다. 나중에는 놈이 어찌나 큰 소리로 짖어대는지 이 근방에 서성거리는 사람이 있어서 그러는 것이나 아닌지 겁이 나기도 했다.

하지만 솔직히 말한다면 그런 두려움은 오로지 르그랑의 몫이었다. 나로서는 차라리 그런 방해꾼이라도 있었으면 싶었다. 만일 그렇다면 이 방랑자를 집으로 데려갈 수 있게 되었다며 나는 기뻐했을 것이다. 결국 개가 내는 소음은 주피티의 손에 의해 잠잠해졌다. 그가 단호한 결심이라도 한 듯한 표정으로 구덩이에서 나오더니 짐승의 입을 바지 멜빵으로 묶어놓은 것이다. 그는 그 모습을 보고 낄낄대더니 다시 일에 착수했다.

그렇게 두 시간이 지났을 때 우리는 1.5미터 정도의 깊이를 파냈다. 하지만 보물이 있다는 징조는 조금도 나타나지 않았다. 모두 일손을 놓았다. 나는 이 어처구니없는 소극(笑劇)이 끝장난 것이기를 바랐다. 하지만 르그랑은 당황한 기색이 역력하면서도 생각에 잠긴 표정으로 이마의 땀을 닦아낸 후 다시 일을 시작했다. 우리는 지름 1.2미터의 원을 모두 파낸 다음 범위를 약간 넓혀서 60센티미터 정도 더 파내려 갔다. 하지만 아무것도 나타나지 않았다.

결국, 내가 동정해마지 않는 이 황금 수색자는 얼굴 구석구석에 쓰디쓴 실망의 기색이 역력한 채로 구덩이에서 기어 나왔다. 그는 일을 시작할 때 벗어던졌던 외투를 향해 천천히 마지못한 듯 걸어갔다. 그 사이 나는 아무 말도 하지 않았다. 주피터는 주인의 손짓에 따라 연장들을 챙기기 시작했다. 주피터는 연장을 다 챙기자 개 주둥이를 풀어주었다. 우리는 깊은 침묵에 잠겨 집을 향해 발길을 옮겼다.

그런데 우리가 아마 열두어 발자국 정도 걸었을 때였다. 르그랑이 갑자기 큰 소리로 욕설을 퍼부으며 주피터에게 달려들어 멱살을 잡았다. 주피터는 너무 놀라 두 눈을 크게 뜨고 입을 찢어져라 벌리더니 연장들을 떨어뜨리고 무릎을 꿇었다.

"이런 죽일 놈!" 르그랑이 앙 다문 이빨 사이로 새어나오는 소리로 외쳤다. "이 악마 같은 검둥이 놈아! 어디 말해봐! 얼버무리지 말고 당장 똑바로 말해! 네놈 왼쪽 눈이 어느 거냐?"

"어휴, 주인님! 이게 제 왼쪽 눈이 아니고 뭡니까?" 주피터가 겁에 질린 표정으로 말했다. 그는 그의 손가락을 오른쪽 눈에 갖다 대고는 주인이 당장 눈알을 도려내기라고 할까봐 겁나는 듯 결사적으로 눈을 잡고 있었다.

"내 그럴 줄 알았어! 그럴 줄 알았다니까! 만세!" 르그랑은 주피터를 놔주며 한참을 펄쩍 펄쩍 뛰며 빙빙 돌았다. 주피터는 어안이 벙벙한 듯 무릎을 펴고 일어나더니 입도 뻥끗하지 못한 채 나와 주인을 번갈아 바라보았다.

"자, 가자! 다시 돌아가야 해." 르그랑이 말했다. "아직 승부가 끝난 게 아니야."

이어서 그는 다시 튤립나무 있는 곳으로 앞장서서 걸었다.

"주피터!" 우리가 나무 아래 이르자 그가 말했다. "자, 어서 이리와. 해골 얼굴이 가지 밖으로 향해 있던가, 아니면 안으로 향해 있던가?"

"바깥쪽이었습지요. 그래설랑 까마귀가 힘들이지 않고 파먹을 수 있었지요."

"좋아, 그렇다면 네가 풍뎅이를 떨어뜨린 구멍이 이쪽이야, 아니면 이쪽이야?"

"아, 요 눈입지요. 주인님이 일러주신 왼쪽 눈입지요."

주피터가 가리킨 눈은 오른쪽 눈이었다.

"좋아, 됐어. 우리 다시 한번 해야겠다."

나는 이제야 친구의 미친 짓에는 무슨 방법상의 지침이 있음을 알 수 있었다. 그는 딱정벌레가 떨어진 지점을 표시해놓은 말뚝을 먼저 자리에서 약 8센티미터 정도 서쪽으로 옮겼다. 이어서 이번에도 먼젓번처럼 가장 가까운 나무 둥치로부터 말뚝까지 줄자로 연결한 다음 직선상으로 15미터 정도 더 이어나갔다. 그 지점은 우리가 파냈던 지점으로부터 몇 미터 떨어진 곳이었다.

새로운 위치를 중심으로 전보다 약간 큰 원이 그려졌고 우리는 다시 삽을 들고 작업을 시작했다. 나는 형편없이 지쳐 있었지만 나도 모르는 새 내 생각이 변한 것인지 이 강제 노역을 하면서도 별로 반감이 들지 않았다. 나는 설명 불가능한 야릇한 흥미를 느꼈다.

아니다, 나는 이미 흥분하고 있었다. 르그랑의 이 터무니없는 행동에는 분명 내게 감흥을 불러일으키는 그 어떤 것이, 그러니까 뭔가 예견하고 있다는 낌새, 혹은 뭔가 심사숙고하고 있다는 낌새가 풍기고 있었다. 나는 열심히 땅을 팠다. 그러면서 나 자신도 내 친구와 똑같은 기대감에 사로잡혀 환상 속의 보물을, 이 불행한 친구를 홀린 그 환영을 찾고 있음을 문득 문득 깨달았다.

우리가 작업을 시작한 지 한 시간 반 정도 되었을 무렵 나는 이제 그런 엉뚱한 생각에 완전히 사로잡혀 있었다. 그때였다. 개가 다시 맹렬하게 짖어대는 통에 우리의 작업이 중단되었다. 먼젓번에는 장난기나 변덕 때문에 짖어낸 것이 분명했지만 이번에는 정색을 하고 한결 맹렬하게 짖어댔다.

주피터가 다시 그놈 입에 재갈을 물리려 하자 개는 격렬하게 저항하더니 구덩이 속으로 뛰어들어 발톱으로 미친 듯이 땅을 파헤쳤다. 한순간에 놈은 한 무더기의 사람 뼈를 헤쳐놓았는데 분명 사람 두 명의 뼈대였으며 여러 개의 쇠단추와 썩어 문드러진 옷감 부스러기들도 섞여 있었다. 한두 번 더 삽질을 하자 커다란 스페인 칼날이 솟아났고 더 깊이 파들어가자 서너 개의 금화와 은화가 흩어져 있는 모습이 보였다.

이것을 보고 주피터는 기쁨을 감추지 못했지만 그의 주인의 얼굴에는 극도로 실망한 표정이 떠올랐다. 르그랑은 우리에게 작업을 계속하라고 재촉했다. 그런데 그의 말이 떨어지기가 무섭게 나는 비틀거리며 앞으로 고꾸라졌다. 푸석푸석한 흙속에 반쯤 묻혀 있던 쇠고리에 발끝이 걸린 것이었다.

이제 우리는 정신없이 일에 몰입했다. 나는 이제껏 단 10분도 이보다 더한 흥분 상태에 빠졌던 적이 없었다. 마침내 우리는 기다란 나무 궤짝을 고스란히 드러낼 수 있었다. 놀랄 만큼 단단하게 완전 보존되어 있는 것으로 보아 '염화 제 2 수은 처리' 같은 광화(鑛化) 처리를 해놓은 것이 분명했다.

궤짝의 길이는 1미터, 폭은 90센티미터 정도였고 깊이는 70센티미터 이상이나 되었다. 상자에는 단철(鍛鐵)로 단단하게 테가 둘러진 채 못이 박혀 있었으며 궤짝 전체에는 격자 모양의 쇠 띠가 둘러쳐져 있었다. 궤짝 양쪽 뚜껑 가까이에 각각 세 개씩 모두 여섯 개의 쇠고리가 단단하게 달려 있어 모두 여섯 명이 궤짝을 들어 올릴 수 있게 되어 있었다. 우리 세 명이 젖 먹던 힘까지 다 해보았지만 겨우 바닥만 약간 들먹일 수 있을 뿐이었다. 우리는 이 엄청나게 무거운 궤짝을 옮긴다는 것은 불가능하다는 사실을 금세 깨달았다.

다행히 뚜껑은 옆으로 밀어낼 수 있는 두 개의 빗장만으로 닫혀 있었다. 우리는 극도의 긴장감에 사로잡혀 부들부들 몸을 떨며 빗장을 잡아 뺐다. 순간, 이루 값을 헤아릴 수 없을 정도의 보물이 우리 눈앞에서 번득였다. 등불로 구덩이 안을 비추자 황금과 보석들이 뒤섞인 무더기로부터 우리의 눈을 아찔하게 만드는 빛이 뿜어져 나왔다.

내가 그것들을 바라보면서 사로잡혔던 감흥을 어찌 제대로 묘사할 수 있으리오. 물론 우선적으로 나를 사로잡은 것은 놀라움이었다. 르그랑은 흥분 때문에 기진한 듯 별로 말이 없었다. 주피터는 얼마 동안 새파랗게 질려 있었으며—그 검은 피부도 파랗게 질릴 수가 있다면—마치 벼락이라도 맞아 넋이 빠진 것 같았다. 곧이어 그는 구덩이에 무릎을 꿇고 엎드리더니 두 팔을 팔꿈치까지 황금 속에 묻은 채 가만히 있었다. 마치 호사스러운 목욕을 즐기고 있는 것 같았다. 마침내 그는 깊은 숨을 내쉬며 마치 독백이라도 하듯 소리쳤다.

"그래, 이거이 죄다 황금벌레에게서 나온 거지! 고 예쁜 풍뎅이! 고 작고 귀여운 풍뎅이! 근데 널 보고 욕만 해댔다니! 이 검둥아, 창피하지도 않으냐? 어디 대답해봐라!"

이윽고 나는 주인과 하인 모두에게 우선 보물을 옮기고 볼 일이 아니냐고 깨우쳐 주어야만 했다. 밤이 점점 더 깊어가고 있으니 날이 밝기 전에 모든 것을 다 집으로 옮기려면 온 힘을 다 해야만 했다. 하지만 어떻게 해야 할지는 막막했다. 우리는 의논을 하는 데만도 많은 시간을 허비했다. 그만큼 우리의 머리가 뒤죽박죽이었던 것이다.

결국 우리는 궤짝 안 보물의 3분의 2를 덜어내어 그 무게를 줄였다. 그러자 간신히 궤짝을 구덩이에서 들어 올릴 수 있었다. 꺼낸 보물들을 가시나무 사이에 숨겨놓은 다음 주피터가 개에게 그것을 지키라고 엄명을 내렸다. 주피터는 개에게 어떤 경우라도 그 자리를 떠나지 말 것, 우리가 돌아올 때까지 입을 꼭 다물고 있으라고 구체적인 지시까지 했다.

이어서 우리는 황급히 궤짝을 집으로 옮겼다. 오두막에 무사히 도착하기는 했지만 고생이 이만저만이 아니었다. 새벽 1시였다. 이렇게 녹초가 된 마당에 즉각 다시 일에 나선다는 것은 사람이 할 짓이 아니었다. 우리는 2시까지 쉬면서 저녁을 먹었다. 이어서 우리는 요행히 오두막에서 찾아낸 세 개의 튼튼한 자루를 갖고 즉각 출발했다. 우리는 4시 조금 전에 구덩이에 도착해서 전리품을 세 자루에 똑같이 나누어 담은 다음 구덩이를 메우지 않은 채 다시 오두막으로 돌아왔다. 우리가 집에 도착해서 두 번째 황금 짐을 내려놓았을 때 동쪽 나무 위에서 어렴풋한 새벽빛이 비치기 시작했다.

우리는 이제 완전히 녹초가 되었다. 그러나 극도로 흥분해 있었기에 편히 누워 있지도 못했다. 우리는 겨우 서너 시간 동안 자는 둥 마는 둥 하다가 마치 미리 약속이라도 한 듯 자리에서 일어나 보물을 살펴보기 시작했다.

궤짝은 가장자리까지 빈틈없이 빼곡하게 채워져 있었다. 그 내용물을 확인하는 데만 하루하고도 그날 밤까지 꼬박 걸렸다. 보물은 전혀 정리가 되어 있지 않았으며 온통 뒤죽박죽으로 쌓여 있었다. 그것들을 꼼꼼하게 분류해놓고보니 처음에 예상했던 것보다 훨씬 많은 부(富)를 우리가 소유하게 되었음을 알 수 있었다.

주화만 해도, 가능한 한 정확하게 당시의 시세로 평가해본 결과 45만 달러가 넘었다(현재 가치로는 약 30배 내지 50배를 곱하면 됨: 역자). 은화는 한 닢도 없었다. 모두 옛날 금화로 종류도 다양해서 프랑스, 스페인, 독일 돈에다 영국의 기니가 몇 닢 있었고 우리가 전에 견본조차 본 적이 없는 경화(硬貨)들도 있었다. 또 굉장히 크고 무거운 주화가 여럿 있었는데 너무나 닳아서 새겨진 글과 문양이 전혀 보이지 않았다. 미국 돈은 한 푼도 없었다.

보석들의 값을 셈하는 것은 더욱 더 어려웠다. 엄청나게 크고 훌륭한 몇 개를 포함해 큼지막한 다이아몬드들이 백십 개 있었으며 그 중 작은 것은 하나도 없었다. 찬란하게 빛을 발하는 열여덟 개의 루비, 삼백십 개의 에메랄드가 있었으며 한결같이 아름다웠다. 그 외에 스물한 개의 사파이어, 한 개의 오팔이 있었다. 이 보석들은 고정되어 있던 곳에서 빠져 나와 궤짝 바닥에 뒹굴고 있었다. 우리는 그것들이 고정되어 있던 틀을 금덩이 사이에서 찾아냈는데, 마치 정체를 감추기 위해 망치로 일부러 두드린 듯 온통 일그러져 있었다.

이것들 외에도 막대한 분량의 순금 장식들이 있었다. 거의 이백 개에 이르는 두툼한 반지와 귀고리, 내 기억에 서른 개쯤이었던 것 같은 목걸이가 있었으며 아주 크고 무거운 순금 십자가가 여든세 개 있었다. 또 어마어마하게 큰 순금 그릇이 있었는데, 거기에는 포도 잎과 주신제(酒神祭)의 형상들이 화려하게 아로새겨져 있었다. 또 정교한 무늬가 새겨진 칼자루가 두 개 있었으며 이 외에도 이루 다 열거할 수 없는 작은 물건들이 수없이 많았다.

이 보물들의 무게는 무려 170킬로그램 가까이 되었다. 게다가 그 무게에는 백삼 개나 되는 멋진 금시계는 포함되지 않았다. 이들 시계들 중 세 개는 하나 당 500달러는 충분히 나가는 것들이었다. 대부분의 시계는 낡아서 시계로서는 무용지물이었고 세공도 부식되어 있었다. 하지만 모든 시계에 보석이 풍부하게 박혀 있어서 겉 케이스만 해도 대단히 값이 나가는 것이었다.

밤새 헤아린 결과 우리는 궤짝에 들어 있는 보물들이 대충 150만 달러는 나가는 것으로 어림잡았다. 하지만 나중에 자질구레한 장신구와 보석을 처분하고 나서(몇 개는 우리가 쓰려고 놔두었다) 우리가 그 보물들을 너무 과소평가했다는 사실을 알게 되었음을 밝혀야겠다.

마침내 보물에 대한 평가를 끝내고 극심한 흥분이 어느 정도 가라앉자, 내가 이 기상천외 수수께끼의 전말에 대해 궁금해 죽을 지경인 것을 보고 르그랑이 이 일과 연관된 전후 사정을 소상히 설명해주기 시작했다.

"자네, 기억할 수 있지?" 그가 말했다. "내가 자네에게 대충 그린 풍뎅이 그림을 주던 날 밤의 일 말일세. 자네가 내 그림을 해골과 비슷하다고 우기는 바람에 내가 화를 냈던 것도 기억나겠지? 자네가 그렇게 우기는 걸 보고 나는 자네가 농담하는 줄 알았네. 하지만 그 곤충의 등에 이상한 점들이 있는 것을 기억해내고는 자네 말이 사실상 일리가 있다고 인정했네. 다만 내 그림 솜씨를 비웃는 것을 보고는 화가 났던 거라네. 사람들이 나를 제법 괜찮은 화가라고 인정하고 있는 판에 말일세. 그래서 자네가 그 양피지 조각을 내게 건네주었을 때 그걸 구겨서 불에 던져 넣으려 했었지."

"그 종잇조각을 말하는군." 내가 말했다.

"아니야. 겉보기에는 종잇조각 같았지. 나도 처음에는 그렇게 생각했다네. 하지만 거기에 그림을 그리려는 순간 그것이 아주 얇은 양피지 조각이라는 것을 알아차렸다네. 자네도 기억하겠지만 아주 더러웠지. 그런데 그것을 구겨버리려는 순간 나는 자네가 들여다보았던 내 스케치로 흘낏 눈길을 주었다네. 그때 내가 얼마나 놀랐는지. 바로 거기서 실제로 사람 해골 모양을 발견한 거야. 분명히 나는 거기에 풍뎅이 그림을 그렸는데 말일세. 한동안 나는 어안이 벙벙해서 갈피를 잡을 수 없었다네. 내가 원래 그린 그림의 세부적인 모습은 눈앞에 보이는 해골 그림과는 전혀 다른 것이었거든. 물론 대충 윤곽은 비슷했지만 말일세.

나는 당장 촛불을 들고 방 저편 구석에 앉아 양피지를 좀 더 꼼꼼하게 살펴보았다네. 그걸 뒤집어보니까 뒤에는 내가 그린 그림이 그대로 있었지. 그때 처음에 머리에 떠오른 것은 참으로 놀랍게도 윤곽이 비슷하다는 생각뿐이었다네. 양피지 다른 쪽에는 내가 모르는 해골 그림이 그려져 있었고 내가 그린 그림이 그것과 윤곽이 일치한다니 정말 희한한 일 아닌가? 게다가 이 해골 그림은 윤곽뿐 아니라 그 크기에서도 내 그림과 아주 비슷했다네.

이렇게 기묘한 일치 앞에서 나는 한동안 얼떨떨해 있었다네. 그런 식의 '일치' 현상 앞에서는 대개 그런 정신적 반응이 오게 되는 법이라네. 우선은 그 일치되는 현상의 인과관계를 맺어보려고 애를 쓰게 되는 법이지. 그리고 도저히 그런 인과관계를 맺을 수 없게 되면 일시적 마비 상태에 빠지는 거야. 그런데 일단 그런 마비상태에서 빠져나오자 그런 일치 현상보다 나를 더욱 놀라게 만든 일종의 확신이 점차 내 안에서 싹트기 시작했다네.

나는 내가 풍뎅이 그림을 그리기 시작했을 때는 분명히 양피지 위에 그림이 없었다는 사실을 분명하게, 또한 자신 있게 기억할 수 있었지. 나는 점점 더 그 사실을 확신할 수 있었다네. 빈 구석을 찾기 위해 그림을 이리저리 뒤집어 살펴보았으니 그 곳에 해골 그림이 있었다면 내가 발견하지 못했을 리 없는 게 분명하지 않은가? 바로 거기에 설명이 불가능하다고 느껴지는 신비가 존재하는 것이라네. 그런데 바로 그 순간에 내 지성의 저 멀고 은밀한 구석에서 반딧불이 같은 진리의 개념이 어렴풋 이 가물거리는 것 같았네. 바로 어젯밤의 모험이 그 진리를 백 일하에 밝혀준 것이지. 나는 당장에 일어나서 그 양피지를 안 전한 곳에 갖다두었네. 혼자 있을 때 좀 더 곰곰 생각해보기 위 해서였지.

자네가 가고 주피터가 잠에 빠졌을 때 나는 이 일에 대해 좀 더 체계적으로 생각을 더듬어보았네. 우선 나는 내가 어떻게 해서 그 양피지를 손에 넣게 되었는지 생각해보았지. 우리가 풍뎅이를 발견한 곳은 이 섬에서 1.6킬로미터 정도 떨어진 본 토의 해안가였네. 물론 만조 때는 훨씬 가까운 거리가 되지. 내 가 그놈을 잡으려고 했을 때 놈이 나를 따끔하게 물었고 나는 그놈을 떨어뜨렸다네. 평소에도 조심성이 많은 주피터는 제 앞 으로 날아온 벌레를 잡기 전에 그놈을 싸서 잡을 나뭇잎이나 뭐, 그 비슷한 것이 없는가 하고 주위를 둘러보더군. 순간 양피지 조각이 주피터와 내 눈에 동시에 들어왔어.

당시에 나는 그냥 종이인 줄 알았다네. 반쯤 모래에 묻힌 채 한쪽 귀퉁이만 나와 있었지. 그걸 발견한 곳 가까이에서 대형 배에 딸린 보트의 잔해 같은 것들이 보이더군. 보트를 이루고 있던 목재가 흔적조차 없는 것으로 보아 그 난파 보트는 아주 오랫동안 그 자리에 있었던 것 같았어.

주피터는 양피지를 집어 들더니 딱정벌레를 그것으로 싸서 내게 주었다네. 그런 후 우리는 곧장 집으로 향했고, 오는 도중 G 중위를 만났다네. 그에게 벌레를 보여주니까 자기가 초소까지 가져가서 살펴보면 안 되겠느냐고 통사정을 하는 거야. 내가 동의를 하자마자 그는 그 벌레를 싸고 있던 양피지는 놔둔 채 그 벌레만 조끼 호주머니에 쑤셔 넣더군. 나는 그가 벌레를 살펴보는 동안 양피지를 계속 손에 들고 있었다네. 그가 황급히 벌레만 챙긴 것은 내 마음이 변할까봐 두려웠거나, 혹은 그런 귀중한 것을 한시라도 빨리 확보하고 싶어서였거나 둘 중 하나였겠지. 그 사람이 박물학과 관련되는 것이라면 뭐든 열을 올린다는 걸 자네도 알고 있지? 아마 그때 내가 무심코 양피지를 주머니에 넣었을 거야.

자네, 내가 풍뎅이를 스케치하려고 탁자로 갔을 때 평소 종이를 놔두던 곳에 종이 한 장도 없었던 걸 기억하겠지? 서랍을 열어보았지만 거기에도 종이가 없었네. 옛날 편지라도 찾아볼까 하고 주머니를 뒤지자 손에 잡힌 게 바로 그 양피지였다네. 자네에게 내가 양피지를 손에 넣게 된 경위를 너무 자세하게 이야기해주고 있지? 그 상황 자체가 이상하리만치 강하게 내 인상에 남았기 때문이라네.

자네는 분명히 나를 몽상가라고 생각할 거야. 하지만 나는 그때 이미 일종의 연결 고리를 세워 놓았네. 커다란 두 사슬을 한데 묶어 놓은 거야. 자, 우선 해변가에 보트가 놓여 있었으며 그 보트로부터 별로 멀리 떨어지지 않은 곳에 양피지가, 그냥 종이가 아니라 양피지가 놓여 있었다네. 물론 자네는 '거기에 무슨 연결 고리가 있단 말인가?'라고 묻겠지. 나는 해골, 혹은 죽은 자의 머리는 해적들의 문장(紋章)으로 잘 알려져 있다고 답하겠네. 싸움을 할 때면 언제나 죽은 자의 머리가 그려진 깃발을 게양한단 말일세.

내가 그 조각이 종이가 아니라 양피지라고 말했지? 양피지는 오래 간다네. 거의 영구적일 정도야. 하찮은 것들을 양피지에 적는 일은 거의 없어. 평범한 그림을 그리거나 글씨를 쓰려면 종이보다도 불편하니까. 바로 이런 성찰에서 해골의 그 어떤 의미가 혹은 연관성이 떠오른 것이라네. 나는 양피지의 모양도 유심히 살펴보았네. 어쩌다 한쪽 귀퉁이가 떨어져 나가긴 했지만 본래는 기다란 장방형이라는 것을 알 수 있었지. 그런 것들은 일종의 비망록으로 쓰기 위해, 그러니까 오랫동안 기억되고 공들여 보존해야 할 그 무언가를 써넣기 위해 특별히 고른 거라 이 말씀이야."

그가 거기까지 말했을 때 내가 끼어들었다.

"하지만 자네가 벌레 그림을 그렸을 때 양피지 위에는 해골 그림이 없었다고 말하지 않았나? 그렇다면 어떻게 보트와 해골을 연결시킬 수 있단 말인가? 그 해골 그림은 자네가 풍뎅이를 스케치한 다음에(어떻게 된 일인지, 누가 한 짓인지는 하느님만 아시겠지만) 그려진 게 틀림없지 않은가?"

"그렇지! 바로 거기에 온갖 신비가 놓여 있는 거라네. 물론 여기까지 온 마당에 내가 그 비밀을 푸는 건 별로 어렵지 않았지만. 내 발걸음은 확실했으며 단 한 가지 결론으로만 향하고 있었지. 예를 들어 나는 이런 식으로 추론해보았네.

'내가 풍뎅이를 그렸을 때 양피지 위에는 분명 해골 그림이 드러나 있지 않았다. 내가 그림을 다 그린 후 자네에게 주고는 자네가 돌려줄 때까지 나는 자네를 주시하고 있었다. 따라서 자네가 해골을 그렸을 리는 만무하고 그렇다고 그 그림을 그릴 수 있는 다른 사람은 아무도 없었다. 그렇다면 그건 분명 그 누군가가 그린 게 아니다. 그런데도 불구하고 그 그림은 그려져 있었다.'

생각이 거기까지 이르자 나는 이 문제가 발생했을 때 벌어진 일들을 하나하나 아주 명확하게 기억해내려고 애를 썼네. 날씨가 추웠고(드문 일이었지만 얼마나 기막힌 행운인지!) 벽난로에서는 불이 활활 타고 있었지. 나는 운동을 했기에 몸이 훈훈해서 탁자 앞에 앉아 있었네. 하지만 자네는 걸상을 벽난로에 바싹 끌어당겨 앉아 있었어. 내가 양피지를 자네 손에 건네주고 자네가 그것을 살펴보려고 했을 때 울프(개)가 들어와서 자네 어깨로 뛰어올랐지. 자네는 왼손으로 개를 쓰다듬으면서 밀쳐냈어. 그러는 사이 양피지를 들고 있는 자네 손은 밑으로 내려와서 불 가까이 있게 되었지. 나는 순간 그것이 불에 타는 줄 알고 자네에게 주의를 주려고 했다네. 하지만 내가 입을 열기도 전에 자네는 그것을 들어 올려 자세히 살펴보더군.

이런 정황들을 유심히 살펴본 결과 나는 양피지에 그려져 있는 해골 문양을 나타나게 한 것은 바로 열기라는 것을 추호도 의심하지 않았네. 종이나 양피지에 글을 써놓으면 평소에는 보

이지 않다가 열을 가하면 그 글씨가 나타나게 만드는 화학 약
품이 아주 오래 전부터 존재해온다는 사실을 자네도 알고 있겠
지? 때로는 불순한 산화코발트를 왕수(王水)에 담갔다가 네 배
양의 물에 풀어서 사용하지. 그때는 옅은 초록색이 나타난다네.
혹은 질산나트륨 용액에 코발트 불순물을 녹이면 붉은색이 나
타나지. 그 색들은 시간의 차이는 있긴 해도 차가운 날씨에는
사라졌다가 열을 가하면 다시 나타나게 된다네.

　다음에 나는 해골을 조심스레 살펴보았네. 양피지 테두리에
서 가장 가까운 부분의 그림의 선이 나머지 부분보다 훨씬 선
명했네. 열작용이 확실치 않았거나 일정하지 못했기 때문이지.
나는 즉시 불을 밝히고 양피지 모든 부분에 골고루 열을 가했
네. 처음에는 해골의 희미하던 선이 뚜렷해지는 효과밖에 보지
못했지. 하지만 계속 실험을 하다보니 양피지 조각 귀퉁이, 그
러니까 해골이 그려져 있는 곳에서 대각선 쪽 반대되는 곳에
뭔가 형체가 나타나더군. 처음에는 염소인가 생각했다네. 그런
데 조금 더 조사해 보니 염소 새끼를 그리려 했다는 것을 확실
히 알겠더군."

　"하, 하!" 나는 웃으며 말했다. "뭐, 내가 자네를 비웃을 권리
가 없다는 건 잘 알겠네. 150만 달러는 웃어넘기기에는 너무

엄청난 액수니까. 그런데 자네는 지금 세 번째 연결 고리에 대해서 말하려 하는 것 같지는 않군. 자네가 말한 해적들과 염소 사이에 무슨 연관이 있을 리 없지 않은가? 자네도 알다시피 해적들은 염소와 아무 상관이 없잖은가? 염소란 농사일과 연관 있는 것 아닌가?"

"하지만 그 그림은 염소가 아니라고 방금 말하지 않았나?"

"그랬지. 하지만 염소건 염소 새끼건 오십보백보 아닌가?"

"그렇긴 해. 하지만 완전히 똑같지는 않지. 자네 말일세. 혹시 키드(Kidd. 같은 발음의 kid는 영어로 염소 새끼를 뜻함: 역자) 선장에 대해서 들은 적이 있는지 모르겠군. 나는 이 동물 그림이 동음이의어 재치를 이용한 상형문자 서명이리라고 생각했네. 그래, 바로 서명이란 말일세. 그 그림이 있는 위치를 보고 그런 생각을 하게 된 거야. 대각선 반대쪽에 있는 해골 그림 역시 마찬가지로 스탬프거나 도장 같은 걸 거야. 하지만 이 외에는 맥락을 살펴볼 그 어떤 글도 없어서 몹시 아쉬웠다네. 예컨대 내가 상상한 문서의 본문 같은 것 말일세."

"혹시 스탬프나 서명 사이에서 무슨 글자 같은 것이 있기를 기대했다는 말인가?"

"그랬던 것 같아. 사실은 엄청난 행운이 코앞에 닥쳐왔다는 예감 때문에 옴짝달싹할 수 없었다네. 왜 그랬는지 이유는 잘 모르겠어. 실천 가능한 현실적인 믿음이라기보다는 욕망이었는지도 모르지. 그런데 주피터가 떠들어낸 멍청한 소리, 벌레가 단단한 금으로 되어 있다는 그 소리가 내 공상에 대단한 영향을 미쳤다는 걸 알겠나? 그러자 각각 벌어진 일련의 사건들이 기막히게 일치한다는 사실이 정말 놀랍게 여겨졌다네. 그 허구한 날 중에 하필이면 불을 때야만 하는 쌀쌀한 바로 그날 그 일이 벌어졌지. 만일 불이 없었다면, 만일 개가 제때에 뛰어들어 훼방을 놓지 않았다면 나는 그 양피지 위에 해골이 그려져 있는 줄도 몰랐을 것이며 결코 보물을 발견하지도 못했을 것이네. 이게 어떻게 우연일 수 있겠나?"

"어쨌건 계속하게. 궁금해 미치겠어."

"좋아. 물론 자네도 세상에 떠도는 수많은 이야기를 들었을 거야. 키드와 그 일당들이 대서양 해안 어딘가에 보물을 묻어두었다는 떠도는 소문 말일세. 이런 소문들은 사실상 근거가 있는 법이라네. 게다가 그런 소문이 그토록 오랫동안 계속해서 이어져 오는 것은 그 보물이 여전히 어딘가 묻혀 있는 상황에서만 가능하다는 생각이 들더군.

만약 키드가 그의 약탈물들을 일시적으로 감추었다가 나중

황금 벌레

에 다시 찾아갔다면 오늘날까지 이렇게 다양한 형태로 우리 귀에 소문이 들려오지는 않을 거란 말일세. 세상에 떠도는 이야기는 온통 돈을 찾아 나선 자들 이야기뿐이지 그걸 발견한 자의 이야기는 없지 않은가. 그 해적이 돈을 되찾아 갔다면 일은 그걸로 마무리되었을 거야. 내게는 무슨 사고 때문에, 예컨대 보물을 묻어둔 장소를 가리키는 메모를 잃어버린다든가 하는 사고 때문에 그걸 되찾을 방도가 사라져버린 것 아닌가 하는 생각이 들더군. 이어서 그 사고가 부하들에게 알려질 테지. 그런 사고가 없었다면 보물이 숨겨져 있었다는 사실조차 모르고 있었을 부하들이 보물을 찾아 동분서주했을 거야.

하지만 도무지 어디로 가야할지 방향도 모르는 처지이니 허탕을 쳤을 것이고 그러면서도 계속 찾아 헤맸을 거야. 바로 거기서 풍문이 생겨난 것이고 이제 누구나 알 만할 정도로 쫙 퍼졌을 것이란 말일세. 자네 대서양 연안에서 무슨 대단한 보물이 발견되었다는 소리를 들은 적이 있나?"

"전혀 없지."

"하지만 키드가 쌓아놓은 재물이 엄청나다는 것은 누구나 다 알고 있는 사실 아닌가? 따라서 나는 땅덩어리가 아직 그 보물을 보듬고 있다고 확신했다네. 따라서 그토록 기괴한 우연으로 발견한 양피지가 바로 그 보물이 묻힌 장소를 적은, 잃어버린 기록을 품고 있으리라는 희망을 내가 품었다고 해서, 아니 거의 확신했다고 해서 별로 놀라지는 않겠지?"

"그렇지만 어떤 식으로 일을 진행한 건가?"

"불을 더 강하게 피운 다음 양피지를 다시 불에 쪠었다네. 하지만 나타나는 것이 없었네. 그러자 겉에 때가 너무 껴서 그럴 수도 있겠다는 생각이 들더군. 그래서 따뜻한 물을 부어가며 양피지를 아주 조심스럽게 씻어냈지. 그런 다음 양철 프라이팬에 해골 문양이 밑으로 가게 해서 양피지를 약한 숯불 풍로 위에 올려놓았네.

2~3분 지나서 프라이팬이 완전히 뜨거워졌을 때 양피지를 집어 올리자 여러 군데 점이 나타나더니 점차 숫자 같은 것이 줄을 지어 나타나더군. 정말 미칠 듯이 기뻤지. 그걸 또 다시 프라이팬에 올려놓고 다시 몇 분 더 달군 후에 집어내보니 지금 자네가 보는 모양이 전부 나타났다네."

르그랑은 양피지를 다시 뜨겁게 데우더니 내게 건네주며 살펴보라고 했다. 거기에는 다음과 같은 숫자와 부호들이 해골과 염소 사이에 붉은 빛깔로 거칠게 적혀 있었다.

53‡‡+305))6*;4826)4‡);806*;48+8¶(60))85;1‡(::‡
8+83(88)5+;46(;88*96?;8)*‡(;485);5*+2:*‡(;4956*
2(5*-4)8¶8*;4069285);)6+8)4‡‡;1(‡9;48081;8:8‡
1;48
+85;4)485+528806*81(‡9;48;(88;4(‡?34;48)4‡;161;:
188;‡?;

"하지만." 나는 그에게 양피지 조각을 돌려주며 말했다. "나
는 여전히 캄캄할 뿐이야. 이 수수께끼를 풀면 골콘다(옛 인도의
부유한 도시)의 보석을 다 준다 해도 절대로 풀어내지 못하겠네."

"그렇지만." 르그랑이 말했다. "그 글자들을 그냥 얼핏 볼 때
드는 생각처럼 해결책이 어려운 건 아니라네. 쉽게 짐작할 수
있겠지만 이 글자들은 일종의 암호라네. 즉, 뭔가 의미를 담고
있다는 말이지. 하지만 키드에 대해 알려진 사실로 보건대 그
가 복잡한 암호를 만들 수 있으리라고는 볼 수 없지. 나는 단번
에 이건 아주 단순한 암호일 뿐이라고 단정했다네. 하지만 이
암호를 풀 수 있는 열쇠가 없다면 뱃놈 머리 정도로는 도저히
풀 수 없는 것이기도 하지."

"그런데 자네가 그걸 풀었단 말인가?"

"식은 죽 먹기였지. 그보다 훨씬 어려운 것들도 풀어낸 적이 있는데. 환경도 환경인데다 내 기질상 수수께끼에 관심을 갖게 된 거지. 인간이 아무리 온갖 재주를 제대로 다 발휘해도 도저히 풀 수 없는 수수께끼를 만들어낼 재능이 인간에게 있으리라고는 보지 않네. 실제로 일단 연결해서 읽을 수 있는 글자들을 확보해놓으면 숨은 뜻은 읽어내는 데 아무런 어려움도 없다네.

이번 경우—사실 비밀문서라는 게 다 그런 법이지만—첫 번째 질문은 그 암호가 과연 어느 나라 말로 되어 있느냐 하는 것이었네. 암호 해결의 원칙은—특히 아주 단순한 암호가 사용되었을 경우에는—그 독특한 어법의 특성에 의해 정해질 수 있고 그 특성에 따라 다양해지기 때문일세.

일반적으로 암호를 해독하려는 사람은 그 뜻이 밝혀질 때까지 자신이 알고 있는 모든 언어를 직접 실험해보는 수밖에 없네. 확률에 준해서 말일세. 그런데 우리 앞에 놓여 있는 암호는 그 서명 덕분에 그러한 수고를 피할 수 있었지. 키드(Kidd, kid)라는 동음이의어로 재치를 부릴 수 있는 언어는 영어밖에 없지. 만일 그 생각을 하지 못했다면 나는 프랑스어나 스페인어로 시도해보려 했을 걸세. 이런 종류의 비밀을 담는 언어는 대개 스페인 해안의 해적들이 사용했을 것 아닌가? 어쨌든 나는 이 암호문을 영어라고 단정했네.

자네, 단어들 사이에 띄어쓰기를 하지 않은 게 보이지? 만약 띄어쓰기를 했다면 일은 훨씬 쉬웠을 걸세. 그런 경우였다면 우선 짧은 낱말들을 대조·분석했을 걸세. 그리고 항상 있는 일이지만 한 글자로 되어 있는 단어가 나오면(예를 들어 *a*나 *I* 같은 단어 말일세) 다 해결된 걸로 생각했을 걸세. 하지만 띄어쓰기가 없었기에 내가 제일 먼저 한 작업은 제일 많이 쓰인 글자와 제일 적게 쓰인 글자를 확인하는 것이었네. 모두 헤아려본 뒤에 나는 다음과 같은 표를 만들었지."

$8 \rightarrow 33$

$; \rightarrow 26.$

$4 \rightarrow 19.$

$\uparrow) \rightarrow 16.$

$* \rightarrow 13.$

$5 \rightarrow 12.$

$6 \rightarrow 11.$

$+1 \rightarrow 8.$

$0 \rightarrow 6.$

92 → 5.

:3 → 4.

? → 3.

¶ → 2.

-. → 1.

"그렇다면 영어에서 가장 빈번하게 나오는 글자가 어떤 걸까? 바로 e 라네. 그 다음으로는 순서가 다음과 같지.

a o i d h n r s t u y c f g l m w b k p q x z.

e는 너무 자주 나와서 문장 길이와 상관없이 거의 어디나 제일 흔하게 들어 있지.

바로 그 사실로부터 우리는 단순한 추측 이상의 출발 토대를 잡을 수 있게 된다네. 이제 이 표를 어떻게 전반적으로 사용할 것인가 하는 기본은 명백하게 세워진 셈이지. 하지만 이런 특수한 암호의 경우는 부분적인 도움밖에는 받을 수 없다네.

자, 이제 제일 많이 나오는 글자가 8이니 그 글자를 알파벳의 e라고 가정하고 출발해 보기로 하세. 우선 그게 정말 맞는지 검증하기 위해 8이 잇따라 둘씩 나타나는 경우가 있는지 살펴보기로 하세. 영어에는 e가 연달아 나오는 경우가 많지 않은가?

예컨대 'meet' 'fleet' 'speed' 'seen' 'been' 'agree' 등등 무척 많지. 그런데 이 암호문을 살펴보면 이 짧은 문장 속에 8이 연달아 나오는 경우가 다섯 번이나 된다네. 그러니 8을 e로 단정해도 무리가 없을 걸세.

그런데 영어 모든 단어 중에 제일 흔한 게 어떤 건가? 바로 정관사 the지. 그러니 똑같은 세 글자로 배열된 단어들 중에서 8로 끝나는 게 있는지 살펴보기로 하세. 그런 글자가 있다면 그건 the를 나타낸다고 가정할 수 있지. 한 번 살펴보게. ;48이라는 단어가 일곱 번 나오지? 따라서 우리는 ;를 t로 4를 h로 8을 e로 일단 가정해보세. 물론 8은 확정된 것으로 보아야지. 이로서 우리는 거보(巨步)를 내딛게 된 걸세.

그런데 그렇게 한 단어를 확정짓고 나니까, 아주 중요한 거점을 확보한 셈이 되었네. 즉, 여러 다른 낱말들의 시작과 끝을 정할 수 있게 된 거지. 예를 들어 끝에서 두 번째 나오는 ;48을 살펴보기로 하세. 암호문 끝에서 그다지 멀지 않은 곳이지. 그 뒤에 ';(88;4'라는 암호가 나오지? 우리는 ;가 낱말의 첫 글자라는 것을 알 수 있게 되고 다음에 오는 여섯 종류의 부호 중에 다섯 개가 무엇인지 알게 되는 거지. 우리가 아직 모르는 것을 공백으로 남겨둔 채 그 단어를 적어보면 't eeth'가 된다네.

여기서 우리는 th는 그 단어에 포함되는 것이 아니라고 결론 맺고 과감히 지워버릴 수 있네. 공백을 그 어떤 알파벳으로 메우더라도 t로 시작되는 단어에 th가 부분으로 들어가 있는 경우는 없기 때문이지. 따라서 우리는 't eeth'를 't ee'로 좁혀볼 수 있네. 뒤의 th는 다른 단어의 앞부분인 셈이지. 그렇다면 자네 무슨 단어가 생각나나? 필요하다면 모든 알파벳을 일일이 끼워 넣으며 살펴볼 수도 있지만 어쨌든 우리는 'tree'라는 낱 말을 얻게 되네. 덕분에 한 가지 소득이 생기지? '('가 r을 나타 낸다는 것을 알게 된단 말일세.

이번에는 조금 떨어진 곳에 있는 ;48을 살펴보기로 하지. ';48;(88;4(↑?34;48'이라는 암호라네. 우리는 앞서 진행했던 방 법으로 그 암호를 이런 식으로 배열할 수 있지.

'the tree ;4(↑?34 the'

이것을 우리가 이미 알고 있는 글자로 다시 고쳐 쓰면 이렇 게 되네.

'the tree thr↑?3h the'

다시 알기 쉽게 우리가 모르는 글자를 공백으로 두거나 점을 찍어 표시한다면 이렇게 되지.

'the tree thr...h the'

당장에 '*through*'라는 단어가 떠오르지 않나? 덕분에 우리는 세 개의 철자를 새롭게 알게 된 셈이지. '↑' '?' '3'이 각각 o, u, g를 나타낸다는 것을 알아내게 된 거라네. 우리가 이미 밝혀낸 암호의 배합이 어떤 게 있는지 찬찬히 살펴보면 앞부분 가까운 데서 이런 배열이 보이지.

'83(88, 혹은 ↑egree'

이 단어는 degree가 아니고 뭐겠나? 따라서 우리는 d가 +로 표시되었다는 것을 알게 되지. 이어서 그 단어에서 네 글자만 건너뛰면 이런 결합이 나오네.

';46(;88'

먼저 번처럼 알고 있는 기호를 알파벳으로 바꾸고 모르는 것을 점으로 표시하면 이렇게 되네.

'th.rtee.'

어떤가? 금세 thirteen이라는 단어가 떠오르지 않나? 동시에 I와 n이 6과 *로 표시되었다는 것을 알게 되지.

자, 이제 암호문의 첫 머리를 보기로 하세. 이렇게 적혀 있지.

'53↑↑+'

이것을 옮기면 이렇게 되네.

'.good'

good 앞에 올 수 있는 철자가 뭐가 있겠나? 부정관사 a밖에
더 있나? 그러니 5는 a가 되고 이 암호문의 첫 부분은 A good
라는 것이 분명히 밝혀진 셈이네.

자, 더 이상 혼란을 피하기 위해 우리가 발견한 것을 표로
작성해서 보기로 하세. 그 표는 다음과 같은 식이 될 걸세.

5	→	a
+	→	d
8	→	e
3	→	g
4	→	h
6	→	i
*	→	n
↑	→	o
(	→	r
;	→	t
?	→	u

따라서 우리는 이 암호 속에서 가장 중요한 글자 열한 개를

알아내게 된 거지. 이제 더 이상 소소하게 다음 해결 과정을 설명할 필요는 없겠지? 이런 식의 암호는 쉽게 풀 수 있다는 것을 자네에게 충분히 보여준 셈이니까. 그리고 그런 해결 과정이 어떻게 진행되는지에 대해 자네에게 어느 정도 통찰력을 주기도 했으리라 믿네. 하지만 우리 눈앞에 있는 암호문은 지극히 단순한 것이라는 사실을 잊지말게.

자, 이제 양피지에 적혀 있는 수수께끼 같은 암호들을 풀어서 보여줘야겠지. 그 내용은 다음과 같다네."

"A good glass in the bishop's hostel in the devil's seat forty-one degrees and thirteen minutes northeast and by north main branch seventh limb east side shoot from the left eye of the death's-head a bee line from the tree through the shot fifty feet out."

"비숍(주교)의 호스텔 악마 좌에서 좋은 안경으로 41도 13분 북동미북 쪽 큰 줄기 동쪽 일곱 번째 가지 해골 왼쪽 눈에서 발사 나무에서 발사점 지나 직선으로 15미터 앞쪽."

그것을 보고 내가 말했다.

"하지만 이것 역시 전처럼 풀기 힘든 수수께끼로군. '악마 좌'니, '해골'이니 '주교관'이니 하는 알쏭달쏭한 말들에서 어떻게 의미를 짜낼 수 있었단 말인가?"

그러자 르그랑이 대답했다.

"고백하네만 내게도 얼핏 보기에 사태가 심상치 않아 보이긴 했네. 내가 우선 힘썼던 것은 이 암호문을 애당초 작성자의 의도대로 자연스럽게 끊어내는 일이었다네."

"구두점을 찍는단 말이지?"

"비슷하다고 할 수 있지."

"하지만, 어떻게 그게 가능했단 말인가?"

"나는 암호 작성자가 이 암호를 더욱 풀기 어렵게 하려고 단어들을 한데 묶어 놓았으리라는 데 착안했네. 하지만 지나치게 신경 써서 일을 처리하려다 보면 오히려 필요 이상의 짓을 해놓는 수가 있다네. 글을 써나가는 도중에 자연히 구두점이나 마침표가 필요한 부분이 나오지 않겠나. 그런데 바로 그 부분에서 자신의 의도를 감춘답시고 필요 이상으로 낱말을 서로 붙여놓는단 말일세. 이번 경우에도 암호를 자세히 살펴보면 필요 이상으로 글자 사이를 가깝게 해놓은 곳을 금방 다섯 군데 찾아닐 수 있을 걸세. 그것을 힌트 삼아 나는 이 글을 이렇게 나누었다네.

비숍의 호스텔 악마 좌에서 좋은 안경 / 41도 13분 / 북동미 북 쪽 / 큰 줄기 동쪽 일곱 번째 가지 / 해골 왼쪽 눈에서 발사 / 나무에서 발사점 지나 직선으로 15미터 앞쪽."

"그렇게 구분해도 캄캄하긴 마찬가지로군." 내가 말했다.

"나도 그랬다네." 르그랑이 대답했다. "며칠 동안 말일세. 그 동안 나는 '비숍의 호스텔'이라는 이름으로 통하는 건물을 찾으려고 설리번섬 인근을 열심히 탐문하고 다녔네. 물론 '호스텔'이라는 사어(死語)는 내던지고 말일세. 하지만 아무런 정보도 얻지 못했네. 나는 탐색 범위를 넓히고 보다 체계적인 방법으로 일을 진행하려 했지. 그런데 어느 날 아침 문득 이런 생각이 드는 거야.

'혹시 '비숍의 호스텔'이란 것이 '베숍'이라는 이름의 옛 가문과 관련이 있지 않을까?'

그 집안은 아주 옛날에 이 섬에서 북쪽으로 6~7킬로미터 떨어진 곳에 장원 저택을 소유하고 있었다네. 나는 그 농원으로 가서 그곳의 늙은 흑인들에게 수소문을 했다네. 마침내 가장 늙은 노파 한 명에게서 '베숍의 성'이라는 장소에 대해서 들은 적이 있다는 대답을 들을 수 있었네. 그 흑인 노파는 나를 그곳에 데려다줄 수도 있다면서, 그곳은 성이나 여인숙이 아니라 높은 바위라고 했네.

　내가 수고비를 넉넉하게 쳐주겠다고 했더니 잠시 주저하던 그녀가 마지못한 듯 나를 그곳으로 데려가주겠다고 하더군. 그곳은 별로 어렵지 않게 찾을 수 있었네. 나는 노파를 돌려보낸 후 그곳을 조사하기 시작했지. 그 '성'이라는 것은 절벽과 바위들이 되는 대로 모여 있는 곳이었네.

　그런데 바위들 중 하나가 눈에 띄더군. 우뚝 높이 솟아있는데다 혼자 뚝 떨어져 있었고, 겉모습이 꼭 인공으로 만들어놓은 것 같았어. 나는 그 꼭대기로 기어 올라갔지만, 이어서 뭘 어떻게 해야 할지 막막하기만 하더군.

　그곳에서 곰곰이 생각에 잠겨 있는데 내가 서 있는 바위 꼭대기로부터 약 1미터 정도 아래쪽 바위에, 동쪽을 향해 좁은 선반 같은 삐죽 나와 있는 것이 우연히 눈에 들어오더군. 그 선반은 약 50센티미터 정도 튀어 나와 있었으며 폭은 30센티미터가 될까 말까 했다네. 바로 그 위에는 움푹 들어간 절벽이 있는 것이 마치 우리 조상들이 사용하던, 등이 움푹 팬 의자 같은 느낌을 주었다네.

나는 그곳이 바로 그 암호문에서 암시한 '악마 좌'임을 확신했고 이제 그 수수께끼의 모든 비밀을 다 푼 것 같았네. '좋은 안경'이란 망원경을 말하는 것임을 금세 알 수 있었지. 어느 모로 봐도 '안경'이라는 단어는 뱃사람들에게 어울리는 단어가 아니지 않은가. 나는 바로 이곳에서 망원경을 사용하라는 것임을, 조금도 편차 없이 지정된 곳을 바라보라는 뜻임을 확실히 알 수 있었네. 나는 '41도 13분'과 '북동미북'은 바로 망원경이 향하는 방향을 가리킨다는 것을 조금도 망설이지 않고 믿었네. 나는 극도로 흥분해서 집으로 달려가 망원경을 갖고 다시 그 바위로 갔지.

그 선반 같은 곳으로 내려가니 까다로운 자세를 취하지 않고는 그곳에 앉을 수 없다는 것을 알겠더군. 그리고 바로 그 때문에 내 생각이 틀림없다는 확신을 갖게 되었다네. 나는 망원경을 사용해서 앞을 보았네. 41도 13분이란 망원경을 수평선 위로 쳐드는 각도 외에 다른 뜻이 있을 리 없었네. 수평으로 어느 방향을 향할지는 '북동미북'이라는 말이 명확하게 지칭해주고 있으니 말일세.

나는 나침반으로 수평 방향을 잡았네. 이어서 망원경을 대충 40도 정도의 각도에 초점을 맞춘 뒤 천천히 올렸다 내렸다

했지. 그러자 저 멀리 다른 나무들 사이에 우뚝 서 있는 거목이 시야에 잡혔고, 그 잎사귀들 틈에 둥글게 틈이 나 있는지 혹은 그냥 둥글게 열린 공간인지 구분하기 힘든 것이 눈에 띄었지. 그 틈 한가운데 하얀 점 같은 것이 하나 보이더군. 하지만 처음에는 그게 뭔지 알아볼 수 없었어. 그런데 망원경 초점을 맞추고 다시 보니 사람 해골인 것을 알겠더군.

그 해골을 발견하자 이제 수수께끼를 완전히 풀었다는 낙관적인 생각이 들더군. '큰 줄기 동쪽 일곱 번째 가지'라는 말은 나무 위에 있는 해골 위치를 말하는 것일 테고 '해골 왼쪽 눈에서 발사'라는 말 역시 묻어둔 보물을 찾는 일에 관한 한 단 한 가지 해석만이 가능했기 때문이야. 나는 그 설명을 통해 왼쪽 눈알을 통해 총알을 떨어뜨리라는 뜻임을 알 수 있었다네.

'나무에서 발사점 지나 직선으로 15미터 앞쪽'은 설명할 필요도 없겠지? 나무둥치 가장 가까운 곳으로부터 탄착점(총알이 떨어진 지점)까지 직선으로 연결한 다음, 거기서 다시 15미터 정도를 연장하면 정확한 지점이 나오리라는 것을 알아낸 거지. 그리고 바로 그 지점 아래 보물이 묻혀 있을 가능성이 있다고 생각했네."

"이제 모든 게 분명해졌군." 내가 말했다. "교묘하긴 해도 단순하고 명백해. 그래, '비숍의 호스텔'에서 나온 다음에는 어떻게 했나?"

"그야, 나무 위치를 조심스럽게 알아두고 집으로 왔지. 그런데 내가 '악마 좌'를 떠나자마자 나무의 둥근 틈바귀가 사라져 버렸다는 이야기를 해주어야겠군. 아무리 돌아봐도 그림자도 볼 수 없었어. 이 모든 일에서 가장 교묘한 것은 (여러 번 실험을 해보고 확인한 결과라네) 그 문제의 둥근 열린 공간이 그 바위 정면에 있는 좁은 선반 외에는 그 어디에서도 눈이 띄지 않는다는 사실이라네.

'비숍의 호스텔' 탐사에는 늘 주피터와 동행했다네. 몇 주 동안 내 행동이 이상한 것을 보고 나를 절대로 혼자 두지 않으려고 특별히 주의를 기울였던 게 분명해. 어느 날 아침 자리에서 일찍 일어나 그를 겨우 떼어놓고 나무를 찾으려고 나 혼자 산으로 갔네. 고생고생해서 겨우 그 나무를 찾았지. 밤에 집으로 돌아오니 하인 놈이 내게 몽둥이찜질을 하려고 하더군. 그 뒤에 벌어진 일이야 자네도 나만큼 잘 알고 있겠지."

내가 입을 열었다.

"자네가 처음에 장소를 잘못 알고 땅을 파게 된 것은 주피터가 멍청하게도 벌레를 왼쪽 눈구멍이 아니라 오른쪽 눈구멍을 통해 내려뜨렸기 때문이겠지?"

"맞아. 탄착점이 5센티미터 차이가 났던 거야. 말하자면 기준이 되는 나무 둥치로부터 그만큼 차이가 났다는 거지. 만일 보물이 탄착점 밑에 있었다면 별로 대수롭지 않은 실수였을 거야. 하지만 나무 둥치 가장 가까운 곳과 탄착점은 이어갈 선의 방향을 가리키고 있을 뿐이야. 처음에는 오차가 사소해 보이지만 15미터 정도 앞으로 나아가면 아예 다른 곳이 되어버리는 거지. 이곳 어딘가에 보물이 묻혀 있으리라는 내 신념이 없었다면 모든 것이 물거품이 되었을 걸세."

"하지만 자네의 그 호언장담하는 꼴이며 풍뎅이를 이리저리 흔들어대는 모습은 정말 가관이더군. 나는 자네가 분명히 미쳤다고 생각했으니까. 그런데 왜 해골 눈구멍을 통해 총알이 아니라 그 벌레를 내려뜨리라고 고집을 부렸나?"

"그거야, 뭐……. 그래, 솔직히 말해줄까? 자네가 멀쩡한 나를 의심하는 꼴을 보고 심통이 나서였네. 그래서 자네를 내 식으로 은근히 응징하기 위해서였네. 자네를 멀쩡한 의혹에 빠뜨리고 싶었던 거야. 그래서 풍뎅이도 흔든 것이고, 풍뎅이를 나무 아래로 늘어뜨리게 한 거야. 그 풍뎅이가 무겁다는 자네 말을 듣고 그 생각이 떠오른 거라네."

"그래, 알겠네. 이제 내게는 한 가지 퍼즐만 남았네. 도대체 우리가 구덩이에서 발견한 해골들은 뭐지?"

"그 문제는 나도 자네만큼 의문이라네. 아마도 딱 한 가지 그럴 듯한 설명이 가능할 것 같아. 하지만 내가 짐작하는 포악한 짓이 있었으리라고 생각하면 나도 오싹 소름이 돋는다네. 키드가 정말 보물을 감춘 것이라면—난 그 사실을 조금도 의심하지 않네만—분명 일꾼들을 썼을 것 아닌가? 하지만 그 작업이 끝나자 이 비밀을 알고 있는 자를 모두 제거하는 게 마땅하다고 생각했는지도 모르지. 일꾼들이 구덩이를 파느라 정신이 없을 때 곡괭이를 두어 번 내리치는 것으로 충분했을 걸세. 어쩌면 열두어 번 휘둘렀는지도 모르지. 그야, 누가 알겠나?"

The Murders in the Rue Morgue

모르그가(街)의 살인 사건

모르그가(街)의 살인 사건

사이렌이 무슨 노래를 불렀는지, 아킬레우스가 여자들
틈에 몸을 숨겼을 때 무슨 이름으로 행세했는지, 골치 아
픈 문제이긴 하지만 전혀 짐작할 수 없는 것은 아니다.

-토마스 브라운 경(17세기 영국의 의사 겸 문인)

　분석적이라고 일컬어지는 사람의 정신적 특질들이 어떤 것
인지, 그 자체는 거의 분석이 어렵다. 우리는 오로지 그 특질이
빚어놓은 결과만을 맛볼 수 있을 뿐이다. 그 특질이 그 특질을
유달리 비범하게 소유하고 있는 사람을 쾌활하고 즐겁게 만드
는 원천(源泉)이라는 사실 외에는, 그 정신적 특질이 어떤 것인
지 우리는 거의 알고 있지 못하다.

힘이 센 사람이 근육 활동을 즐기면서 자신의 육체적 능력을 자랑하듯이 분석가는 엉킨 것을 풀어내는 정신 활동에서 큰 기쁨을 느낀다. 그는 자신의 재능을 발휘할 수만 있다면 아무리 사소한 일에서라도 기쁨을 느낀다. 그는 수수께끼와 난해한 문제, 상형문자 등을 좋아하며 그런 것들을 풀면서 보통 사람의 눈에는 거의 초자연적으로 보이는 날카로운 통찰력을 보여준다. 그가 이끌어내는 결론은 그 방법에 깃들어 있는 영혼과 정수(精髓)에 의해 도출되는 것이지만 전체적으로는 직관에 의존하는 것처럼 보이는 것도 사실이다.

문제 해결 능력은 수학적 연구, 특히 최첨단 분야에 대한 연구에 의해 활력을 얻을 수도 있다. 오로지 그 계산 절차가 역순으로 이루어진다는 이유만으로 최첨단 수학을 전형적인 분석으로 간주하기도 하지만 그건 잘못된 것이다. 계산하는 일 자체가 분석은 아닌 때문이다. 예를 들어 체스를 두는 사람은 전혀 분석하지는 않으면서 계산을 한다.

사실 체스가 사람의 정신적 특질에 미치는 영향에 대해 사람들은 크게 잘못 생각하고 있다. 뭐, 내가 여기서 보고서나 논문을 쓰자고 나서는 건 아니다. 다만 두서없는 이야기들을 늘어놓음으로써 좀 독특한 방식으로 이 이야기의 서두를 삼고 있을 뿐이다. 그러니 다시 체스 이야기를 해보기로 하자.

겉보기에 정교한 것 같지만 실제로는 얕은 수만 지배하는 체스에서는 고도의 사려 깊은 지성의 힘이 별로 필요하지 않다. 여러 가지 다른 말들이 있고 그것들이 서로 상이하고 복잡하게 움직인다고 해서 체스가 심오한 놀이인 줄 사람들이 착각하고 있다. 체스에서 강하게 요구되는 것은 주의력일 뿐이다. 만일 한순간 주의력이 흩어지게 되면 낭패를 보게 되고 패하게 된다. 말들의 움직임이 다양하고 복잡하기에 그런 일은 자주 벌어진다. 따라서 체스의 승자는 십중팔구 명민한 사람이 아니라 집중력이 강한 사람이다.

반면에 휘스트 놀이(네 사람이 즐기는 트럼프 놀이)는 오랫동안 계산 능력에 영향을 주는 것으로 간주되어 왔다. 또한 수준 높은 지성을 갖춘 사람들이 체스는 시시하다고 멀리하면서도 휘스트 놀이에는 기꺼이 푹 빠져든다는 사실도 잘 알려져 있다. 실제로 분석 능력을 이토록 크게 요구하는 놀이도 거의 없다. 기독교 국가들 내에서의 체스 챔피언은 그냥 뛰어난 체스 선수일 뿐이다. 하지만 휘스트 놀이에 능숙한 사람은 정신과 정신이 맞서야 하는 보다 중요한 사업에서 성공할 확률이 큰 사람이다. 여기서 '능숙하다'라는 표현은 게임에서 정당한 득점을 획

득할 수 있는 온갖 원천(源泉)을 비롯해서 게임 전체에 완벽하게 통달해 있다는 뜻이며 그 능력은 휘스트와 비슷한 모든 게임에서 그대로 발휘된다.

이러한 원천은 다양할 뿐 아니라 형태도 여러 가지이며, 대부분의 경우 평범한 이해력으로는 도저히 파악하기 힘들게 숨어 있어 깊은 사고(思考)에 의해서만 포착이 가능하다. 주의 깊게 관찰한다는 것은 확실하게 기억한다는 것을 말한다. 따라서 집중력이 강한 체스 선수가 휘스트 놀이를 잘할 수도 있을 것이다. 휘스트 놀이에 대한 책을 쓴 호일은 뛰어난 기억력으로 그 책에 적힌 규칙을 따르는 것이 휘스트 게임을 훌륭하게 행할 수 있는 요체라고 말했고, 일반인들도 대개 그렇게 알고 있다. 하지만 분석가의 솜씨가 드러나는 것은 단순한 규칙 훨씬 너머에서다. 그는 말없는 가운데 많은 것을 관찰하고 추리한다. 아마 상대방도 그렇게 할 것이다. 그렇다면 그런 식으로 습득한 정보의 차이는 어디에서 오는 것일까? 그것은 추리의 타당성에서 오는 것이 아니라 관찰의 질(質)에서 온다. 무엇을 관찰할 것인가를 아는 것, 그것이 필수적이다.

그런 사람은 자신을 일정한 틀에 가둬두지 않는다. 또한 게임이 목적이라고 해서 게임 밖에 있는 것들을 추리에서 배제하지 않는다. 그는 상대방의 안색도 살피고 그것을 다른 사람들 한 명 한 명과 주의 깊게 비교한다. 그는 상대방들이 카드를 어떤 식으로 분류하는지도 조심해서 살핀다. 게임이 진행됨에 따라 그는 사람들의 표정 변화를 일일이 주목하고, 자신만만한 표정, 놀라는 표정, 의기양양해 하는 표정, 실망하는 표정 등에서 판단 자료들을 수집한다. 불쑥 얼떨결에 나온 한 마디 말이라든가, 유난히 아무렇지도 않은 척하는 표정, 불안한 표정 등에서 상대방이 지금 트릭을 쓰고 있다는 것도 알아차린다.

이윽고 이 모든 것들을 통해 지금 판이 어떻게 돌아가고 있는지 직관적으로 파악한다. 이런 식으로 두서너 판 돌고나면 그는 상대방 손아귀에 놓인 패를 훤히 꿰뚫을 수 있게 된다. 마치 상대방이 카드의 앞면을 보이고 있는 것과 다름없으니, 그가 게임에서 이기는 것은 불을 보듯 빤하다.

분석 능력을 폭넓은 의미의 창의성, 혹은 발명의 재능과 혼동하면 안 된다. 분석가는 필연적으로 창의적이지만 창의적인 사람이면서 분석 능력이 없음을 확실하게 보여주는 경우가 많기 때문이다. 창의성은 흔히 구성력이나 결합력에 의해 발휘된다. 골상학자들은 창의력은 원초적으로 타고 나는 것이라고 주장하면서 창의력을 주도하는 별도의 기관이 있다고 생각한다.

(나는 그들이 틀렸다고 믿는다.) 그리고 백치에 가까운 사람에게서 이런 능력이 나타나는 경우가 빈번해서 인간 정신 연구자들 사이에서 주목의 대상이 되곤 한다.

그런데 창의성과 분석적 능력 간에는 공상과 상상 사이에 존재하는 차이보다 훨씬 큰 차이가 존재한다. 그리고 창의성과 공상, 분석적 능력과 상상 사이에는 유사한 점이 많다. 실제로 창의적인 사람은 늘 공상적인 데 반해 진정으로 상상력이 풍부한 사람은 반드시 분석적이라는 사실을 알 수 있을 것이다.

다음의 이야기는 독자들에게 내가 지금까지 말한 명제에 대한 일종의 가벼운 주석(註釋)처럼 보일 것이다.

나는 18XX년 봄과 여름 한때를 파리에서 지내면서 C. 오귀스트 뒤팽 씨와 알고 지내게 되었다. 이 젊은 신사는 아주 유서 깊은 훌륭한 가문 출신이었지만 여러 가지 불운한 사건을 겪은 탓에 가난뱅이가 되고 말았다. 그의 정력적인 성격마저 굴복시킬 정도의 가난이어서 그는 분발해서 세상에 나선다든지 재산을 회복하겠다는 생각마저 포기하고 있었다. 채권자들의 호의로 그에게는 약간의 유산이 남아 있었으며 거기서 나오는 수입으로 그는 겨우 목구멍에 풀칠할 정도로 근근이 살아가고 있었다. 지독할 정도로 절약해서 겨우 생계를 유지할 징도였으니 사치 같은 것은 꿈도 꾸지 못할 처지였다. 그의 유일한 사치는 바로 책이었으며 다행히 파리에서는 책들을 쉽게 손에 넣을 수 있었다.

우리가 처음 만난 것은 몽마르트가(街)에 있는 어느 허름한 도서관에서였다. 둘이 우연히 진귀한 책을 동시에 찾고 있다가 아주 가까운 사이가 된 것이다. 우리는 만나고 또 만났다. 프랑스 사람들은 자기 자신의 문제가 화제에 오르면 언제나 솔직해지는 법이다. 나는 그가 자세히 털어놓는 그의 가문 이야기에 흥미를 느꼈다. 또한 그의 엄청난 독서량에 놀랐다.

하지만 무엇보다도 그의 야생적인 열정과 신선하기 그지없는 상상력 덕분에 내 속의 영혼이 불타오르는 것을 느꼈다. 당시 파리에서 내가 소망하던 것을 찾고 있었던 나는 이런 친구와 사귀게 되었다는 사실이 값을 헤아릴 수 없을 정도로 소중하게 느껴졌다. 그리고 나는 나의 느낌을 그에게 솔직하게 털어놓았다.

결국 우리는 내가 이 도시에 머무는 동안 함께 지내게 되었다. 우리는 생제르맹 지구의 황량한 곳에, 분명 미신 때문에 오랫동안 비워졌음을 한눈에 알 수 있는 형편없이 낡고 기괴한 집을 세냈다. 그리고 우리 둘에게 공통되는 '공상적인 우울함'에 걸맞은 가구들을 들여놓았다. 내 생활 형편이 그래도 그보다는 좀 나았기에 집을 구하고 가구를 들이는 비용은 모두 내가 치렀다.

우리가 이곳에서 어떻게 지내고 있는지 세상에 알려졌다면 우리는 아마 미친놈 취급을 당했을 것이다. (물론 아무에게도 피해를 주지 않는 미친놈이었겠지만.) 우리는 완벽하게 세상과 격리되어 있다. 우리는 방문객을 받지 않았다. 나는 내가 전에 알고 지내던 사람들에게도 우리가 숨어 살고 있는 곳에 대해 조심스레 비밀을 지켰다. 뒤팽이 파리에서 사람들과의 인연을 끊은 지도 이미 몇 년이 되었기에 우리는 오로지 둘 사이에서만 존재했다.

내 친구에게는 오로지 밤이 밤이라는 이유만으로 밤에 매혹되어버리는 일종의 공상벽(空想癖)(달리 어떻게 부를 수 있을까?)이 있었다. 그리고 그의 다른 버릇들과 마찬가지로 나는 그의 기행(奇行)에 조용히 빠져들었다. 나는 자신을 완전히 방기(放棄)한 채 그의 야생적인 변덕에 몸을 맡긴 것이다.

검은 옷의 여신은 언제나 우리와 함께 하려하지는 않았다. 하지만 우리는 그녀가 우리와 함께 있는 양 꾸밀 수는 있었다. 동이 틀 무렵이면 우리는 이 낡은 건물의 더러운 덧문들을 모두 닫아버렸다. 우리는 한 쌍의 촛불을 밝혔고 촛불은 짙은 향내와 함께 유령처럼 희미한 광선을 내뿜었다. 그리고 그 촛불의 도움으로 우리는 우리의 영혼을 꿈속에서 바삐 헤매게 만들었다.

우리는 진짜 암흑의 세계가 왔음을 시계가 알려줄 때까지 책을 읽고 이야기를 나누었다. 진짜 밤이 되면 우리는 팔짱을 끼고 거리로 나섰다. 우리는 거리를 걸으면서 그날의 화젯거리에 대해 이야기를 나누었으며 늦은 시각까지 이곳저곳 쏘다니면서 조용한 관찰만이 가져다줄 수 있는 무한한 정신적 고양(高揚) 상태를 사람들이 붐비는 도시의 거친 불빛과 그림자들 사이에서 찾았다.

그럴 때면 나는 뒤팽의 독특한 분석 능력에 대해 주목하고 감탄하지 않을 수 없었다. (물론 그의 풍부한 이상주의적 성격에 비추어 충분히 기대하고 있긴 했지만) 또한 그는 그런 능력을 행사하면서—과시한다고까지는 할 수 없었지만—큰 기쁨을 느끼는 것 같았고 별로 주저하지 않고 그 사실을 털어놓기도 했다. 그는 나지막하게 껄껄 웃으면서 자기 앞에서는 대부분의 사람들이 가슴에 창문을 하나 달고 있는 것과 같다고 큰소리쳤으며 내가 무슨 생각을 하고 있는지 직접적이고 놀랄 만한 증거를 내세우며 알아맞혀서 그 큰소리를 입증하곤 했다.

그런 순간 그의 태도는 냉랭했고 추상적이었다. 두 눈에는 아무 표정이 없었으며 또한 평소에는 성량이 풍부한 테너였던 그의 목소리가 신중하고 또박또박한 발음만 아니었다면 마치 성미 급한 사람의 목소리로 보일 만큼 매우 높아졌다. 그런 기분에 젖어 있는 그를 바라보고 있노라면 나는 '이중 영혼'에 대한 옛 철학에 대해 곰곰 생각에 잠겼으며 창조자와 해결자로서의 이중적인 뒤팽의 영혼을 즐겨 상상하곤 했다.

내가 방금 한 말을 가지고 내가 무슨 신비스러운 이야기를 꼬치꼬치 설명하고 있다거나 소설을 끼적이고 있다고 생각하지 않기를 바란다. 내가 이 프랑스 사람에 대해 묘사한 것은 단지 흥분해 있거나 혹은 병들었을지 모르는 지성이 빚어낸 결과에 대해 말한 것일 뿐이다. 어쨌든 지금 그러한 상황에서 그가 해준 말이 어떤 종류의 것이었는지는 예를 하나 들어주는 편이 이해를 돕는 가장 좋은 방법일 것이다.

어느 날 우리는 팔레 루아얄 근처의 더러운 길거리를 어슬렁거리고 있었다. 둘 다 깊은 생각에 잠겨 최소한 15분 이상 그 누구도 말 한 마디 꺼내지 않았다. 그런데 뒤팽이 불쑥 이런 말을 꺼냈다.

"그는 정말이지 너무 작은 친구야. 바리에테 극장에나 어울리겠어."

"물론이지." 나는 부지불식간에 대답했다. 나는 처음에는(나는 내 생각에 너무 깊이 잠겨 있었다) 그의 말이 내 생각과 보조를 맞추고 있다는 그 기이한 현상을 전혀 의식하지 못하고 있었다. 하지만 곧이어 제정신이 들자 나는 화들짝 놀랄 수밖에 없었다.

"이보게." 나는 정색을 하고 말했다. "도무지 영문을 알 수 없군. 사실은 놀라울 정도로군. 내가 지금 제정신이긴 한 건가? 도대체 자네가 내 생각을 어찌 알 수 있었단 말인가?"

나는 여기서 말을 멈추었다. 내가 염두에 두고 있던 사람을 그가 정말로 알고 있는지 확인해보고 싶었던 것이다.

"샹티이라는 자 말이야." 그가 말했다. "왜 말을 멈추나? 그 똥자루 같은 모습은 비극에 어울리지 않는다는 생각을 하고 있지 않았나?"

그는 정확하게 내가 생각하고 있던 주제를 지적한 것이다. 샹티이는 원래 생 드니 가(街)에서 구두 수선을 하던 자였다. 그런데 연극에 미쳐 크레비용(18세기 프랑스 비극 작가)의 비극에 나오는 크셀크스 역을 맡아 했지만 수고의 대가로 신나게 욕만 얻어맞은 꼴이 되었던 것이다.

"제발 말해주게." 내가 큰 소리로 말했다. "도대체 무슨 방법으로(방법이란 게 있다면 말일세) 내 마음속을 훤히 들여다 볼 수 있었던 건가?"

사실 나는 겉으로 보여주는 내 모습보다는 훨씬 경악하고 있었다.

"과일 장수였지." 내 친구가 대답했다. "자네가 구두나 고치던 위인이 크셀크스 역 같은 비극적인 역을 하기에는 적합하지 않다는 결론을 맺도록 만든 사람이 바로 과일 장수야."

"과일 장수! 사람 놀라게 만들지 말게! 나는 과일 장수라고는 아는 사람이 하나도 없어."

"우리가 이 거리로 들어설 때 자네와 부딪쳤던 자 말일세. 아마 15분쯤 전이었지?"

그러자 실제로 머리에 사과가 가득 담긴 바구니를 이고 오던 한 과일 장수와 우연히 부딪쳐서 넘어질 뻔했던 일이 생각났다. 우리가 C가(街)를 지나 지금 서 있는 거리로 들어서려 할 때였다. 하지만 그 일이 대체 샹티이와 무슨 관련이 있다는 것인지 도무지 이해할 수 없었다. 하지만 뒤팽에게는 무슨 허무맹랑한 소리를 하고 있는 것 같은 기색은 조금도 없었다.

"내가 설명해주지." 이윽고 그가 다시 입을 열었다. "자네가 모든 것을 명확하게 이해할 수 있도록 내가 자네에게 말을 걸던 순간부터 자네가 과일 장수와 부딪쳤던 순간까지 자네 생각을 역순으로 되짚어 말해볼까? 대충 큰 사슬의 매듭은 이런 것들이라네. 샹티이, 오리온, 니콜스 박사, 에피쿠로스(즐거움을 인생 최대의 선이라 주장한 그리스 철학자), 돌 다듬는 기술stereotomy, 포석(鋪石) 그리고 과일 장수."

살아가는 도중 어느 기간에 자신이 마음속으로 내린 결론의 경로를 되짚어 보는 데 흥미를 느끼지 않을 사람은 없다. 그런 일에는 분명 흥미진진한 점이 많다. 그런데 그런 시도를 처음 해보는 사람은 출발점과 도달점 사이에 엄청난 거리와 모순이 존재한다는 사실에 놀란다. 그러니 이 프랑스 친구가 하는 그 말을 듣는 순간, 또한 그가 진실을 말하고 있음을 인정할 수밖에 없었을 때 내가 어찌 놀라지 않을 수 있었겠는가?

그가 말을 이었다.

"자, 처음부터 이야기해보지. 내 기억이 옳다면 우리는 말(馬)에 대해 이야기를 하고 있었지. C가(街)를 떠나기 바로 전에 말일세. 그게 우리가 끝으로 주고받은 화제였네. 우리가 이 거리로 들어설 때 머리에 과일 바구니를 인 과일 장수가 급히 우리를 스쳐가면서, 인도를 수리하느라 포석 더미를 잔뜩 쌓아놓은 곳으로 자네를 밀쳤지. 자네는 아무렇게나 놓여 있던 돌멩이를 밟고 미끄러지면서 발목을 약간 삐끗했어. 자네는 화가 났거나 뿌루퉁해서 몇 마디 툴툴거리더니 돌 더미를 뒤돌아본 다음 말 없이 발걸음을 계속했어. 뭐, 내가 자네를 유심히 살펴본 것은 아니라네. 그냥 최근에는 관찰하는 버릇이 몸에 배었을 뿐이야.

자네는 땅에서 눈을 떼지 않은 채 좀 화난 표정으로 포석 위의 구멍이나 바퀴자국을 유심히 살펴보았어. (그래서 나는 자네가 여전히 그 포석들 생각을 하고 있음을 알았지.) 이윽고 우리는 라마르틴이라는 좁은 골목길로 접어들었는데 그 골목은 시험 삼아 돌들을 겹쳐 놓고 대못을 박아놓은 곳이었어.

자네, 얼굴이 밝아지면서 입술을 움직이더군. 분명 '돌 다듬는 기술stereotomy'이라는 단어를 중얼거리고 있었겠지. 그런 종류의 포장에 쓰이는 기술이니까. 자네가 그 단어를 중얼거리는 순간 발음 때문에 분명 아토미atomie(원자)라는 단어를 생각했을 것이고 에피쿠로스의 이론이 생각났을 걸세. 우리가 얼마 전에 바로 그 문제를 가지고 토론하지 않았나? 저 고상한 그리스 철학자의 모호한 추측이 신기하게도 최근의 성운 우주론의 주장과 딱 들어맞는다고, 그런데도 사람들의 주목을 별로 받고 있지 못하다고 내가 말했잖은가?

에피쿠로스 생각을 하는 순간 사네는 내 말을 떠올리고 고개를 들어 오리온성좌의 성운을 바라보았을 걸세. 아니, 그러리라고 확신했어. 과연 자네는 고개를 들더군. 그 모습을 보니 내가 자네 생각을 정확히 짚고 있다는 확신이 들더군. 그런데, 어제 「뮈제」지에 실린 샹티이에 대한 혹평 기사에서 그 독설가는 구두 수선공이 비극 배우가 되면서 이름을 바꿨다는 부끄러운 사실을 슬쩍 암시하면서 라틴어 시 한 구절을 인용했지. 우리가 자주 이야기를 주고받던 시라네. 내가 읊어볼게.

옛 말은 처음 소리를 잃었도다.
Perdidit antiquum litera sonum.

나는 이 시가 오리온에 대한 시라는 사실을 자네에게 말해 준 적이 있지? 오리온의 옛 이름은 우리온이었다고. 내 설명에 약간 신랄한 면이 들어 있어서 자네는 그걸 잊지 않았으리라고 자신했네. 바로 그 신랄함 때문에 자네는 분명 샹티이와 오리온 둘을 연결시켜 생각하리라고 믿었지. 그리고 자네 입에 떠오른 미소를 보고 확신했던 거야. 자네는 그 구두 수선공이 받은 망신을 생각하고 있었던 거지. 그때까지 자네는 구부정한

자세로 걸음을 옮겼네. 그런데 이제는 자네가 몸을 꼿꼿하게
세웠지. 순간 나는 자네가 샹티이의 똥자루 같은 몸을 생각하
고 있다고 확신했다네. 바로 그 순간 내가 '그는 정말이지 너무
작은 친구야. 바리에테 극장에나 어울리겠어'라는 말로 자네의
생각에 훼방을 놓은 거라네."

그와 그 이야기를 나눈 직후 우리는 「트리뷔노」지 석간을 훑
어보았으며 다음과 같은 기사가 눈길을 끌었다.

희대의 살인 사건
오늘 새벽 3시경 생 로슈 구(區)의 주민들은 잇따라 들려
오는 비명 소리에 잠에서 깨어났다. 비명은 분명 모르그
가(街) 소재의 어느 집 4층에서 들려온 것이었다. 그 집에
는 레스파네 부인과 부인의 딸 카미유 양만이 살고 있는
것으로 알려져 있다.
정상적인 방법으로는 집에 들어가는 것이 불가능했기에
얼마간 지체하다가 쇠지레로 문을 부순 다음 경관 두 명
을 앞세우고 열 명쯤 되는 이웃 사람들이 그 집으로 들어
갔다. 비명 소리는 그쳐 있었다. 그런데 사람들이 첫 번째

계단에 발을 올려놓았을 때 두세 명이 심하게 다투는 것 같은 거친 목소리가 들렸다. 바로 위층에서 나는 소리 같았다. 두 번째 계단 층계참에 이르렀을 때 그 소리도 그치고 사방은 쥐죽은 듯 조용했다. 일행은 사방으로 흩어져 방방이 뒤졌다. 일행이 4층의 큰 구석방으로 들어갔을 때(문이 안에서 잠겨 있었기에 강제로 열어야 했다) 방 안의 광경에 모든 사람이 경악하다 못해 공포에 사로잡혔다.

방 안은 난장판이었다. 가구들은 박살이 나서 사방에 널려 있었다. 하나밖에 없는 침대의 침구는 방 한가운데 내동댕이쳐져 있었다. 의자 위에는 피가 낭자한 면도칼이 놓여 있었다. 벽난로 위에는 반백의 머리 다발이 두셋 놓여 있었는데 송두리째 머리에서 뽑혀 나온 듯 피가 엉켜 있었다. 바닥에는 20프랑짜리 금화 네 개와 토파즈 귀걸이 한 개, 커다란 은 숟갈 세 개, 그보다 작은 크기의 양은 숟갈 세 개를 비롯해서 거의 4천 프랑이나 되는 금화가 담겨 있는 가방이 두 개 뒹굴고 있었다. 방구석의 책상 서랍은 열려 있었고 뒤진 흔적이 역력했지만 대부분의 물건은 그대로 남아 있었다. 작은 금고 하나가 침구 밑에서(침대 밑이 아니라) 발견되었다. 금고는 열려 있었으며 열쇠는 금고 문에 꽂혀 있었다. 금고 안에는 몇 통의 오래된 편지와 하찮은 서류들만이 들어 있었다.

레스파네 부인의 자취는 어디에도 보이지 않았다. 그런데 벽난로 안에 검댕이 많이 떨어져 있는 것을 보고 굴뚝 안을 살펴보았더니, 끔찍하게도 딸의 시체가 거꾸로 처박혀 있었다. 사람들이 곧바로 시체를 끌어냈다. 시체는 좁은 구멍 속에 꽤 깊숙이 박혀 있었다. 시체의 몸에는 온기가 있었다. 자세히 살펴보니 여러 군데 상처가 눈에 띄었다. 시체를 들이밀고 잡아 뺄 때 생긴 상처임이 분명했다. 얼굴에는 여러 군데 찰과상이 있었으며 목에는 시퍼런 멍 자국이 있었고 깊은 손톱자국이 나 있었다. 목을 졸라 죽인 것이 분명했다.

이어서 집 안을 샅샅이 조사해보았지만 더 이상 아무것도 발견하지 못한 일행은 건물 뒤편의 작은 뜰로 나갔다. 그곳에서 사람들은 나이 든 부인의 시체를 발견했다. 목이 완전히 잘려 있어서 몸을 들어 올리자 머리가 떨어져 나갔다. 몸뚱이도 머리처럼 끔찍하게 토막 나 있어서 사람 몸뚱이라고 여길 수 없을 정도였다.

이 끔찍하고 기괴한 사건에 대해 아직 아무런 단서도 포착하지 못한 섯으로 보인다.

이튿날 신문은 다음과 같은 상보(詳報)를 실었다.

모르그가의 비극

이 놀라운 희대의 사건과 관련해 많은 사람이 조사를 받
았다. 하지만 이 사건의 단서가 될 만한 것은 전혀 나타
나지 않았다. 이 사건과 관련된 중요한 진술들은 다음과
같다.

'세탁부 폴린느 뒤부르그' : 지난 3년 동안 죽은 모녀의
세탁을 해왔기에 알고 지냈다고 진술. 노파와 딸은 사이
가 좋았으며 서로를 사랑했다. 세탁비는 척척 잘 치렀다.
그들이 어떤 식으로 생활했는지에 대해서는 아는 바가
없다. L 부인은 점을 쳐서 생활비를 번 것 같다. 저축이
많다고 소문이 나 있었다. 세탁할 옷을 가지러 갈 때나
갖다줄 때, 그 집에서 다른 사람을 만난 석은 없다. 하인
도 두지 않은 게 확실하다. 4층을 제외하고는 이 건물 어
디에도 가구는 없는 것 같다.

'담뱃가게 주인 피에르 모로' : 거의 4년 가까이 레스파네

부인에게 소량의 궐련과 코담배를 팔았다고 증언. 이 동네에서 태어나 줄곧 이곳에서 살고 있다. 죽은 부인과 딸은 6년 이상 그 집에서 살았다. 그전에는 어느 보석상이 살고 있었는데 그는 위층의 방들을 여러 사람들에게 세를 놓았다. 그 집은 L 부인 소유였다. 그녀는 세 들어 사는 자가 자기 집을 마음대로 다시 세를 놓는 것이 언짢아서 자기가 집으로 들어와 살면서 세를 전혀 들이지 않았다. 노부인은 어린애 같았다. 증인은 6년 동안 딸을 대여섯 번 봤을 뿐이었다. 두 모녀는 세상과 연을 끊고 살았는데 들리는 말로는 돈이 많다고 했다. L 부인이 점을 친다는 이야기를 이웃에게 들은 적이 있지만 믿을 수 없다. 노부인과 딸을 제외하고는, 짐꾼이 한두 번, 의사가 여남은 번 정도 드나든 것 외에는 아무도 드나든 사람이 없었다.

이외에도 이웃 사람 몇몇이 같은 증언을 했다. 그 집에 자주 드나들었다는 사람은 아무도 없었다. 심지어 두 모녀에게 친척이 있는지조차 알고 있는 사람이 없었다. 정면 창문의 덧문들은 거의 열린 적이 없었다. 뒤쪽 창문들은 4층의 큰 구석방을 제외하고는 언제나 닫혀 있었다. 잘 지은 좋은 집으로서 지은 지 얼마 되지 않았다.

'이시도르 뮈제 경관' : 새벽 3시경 그 집으로 호출되어 가보니 이삼십 명의 사람들이 대문 앞에 모여 집으로 들어가려고 애쓰고 있었다고 진술. 마침내 총검으로 —쇠지레가 아닌—억지로 문을 열었다. 두 짝으로 접히는 문인데다 위아래 모두 빗장이 쳐져 있지 않아 별로 힘들지 않게 열 수 있었다. 문이 억지로 열리는 순간까지도 비명은 계속되다가 갑자기 뚝 그쳤다. 누군가의(혹은 여러 사람의) 단말마 비명 소리인 것 같았는데, 짧고 빠른 소리가 아니라 길게 끄는 큰 소리였다. 그는 앞서서 계단을 올랐다. 첫 번째 층계참에 이르렀을 때 두세 명이 심하게 다투는 목소리가 들렸다. 그 중 하나는 거친 소리였고 다른 하나는 날카로운 소리였는데 둘 다 매우 이상한 목소리였다. 거친 목소리에서 몇 마디 알아들을 수 있는 말이 있었는데 그것은 프랑스어였다. 여자 목소리가 아니라는 것은 분명했다. '악당'이니 '악마'니 하는 말을 알아들을 수 있었다. 날카로운 목소리의 주인공은 외국인이었다. 남자 목소리인지 여자 목소리인지는 확실히 분간하기 어려웠다. 무슨 말을 했는지는 알 수 없었지만 스페인어 같았다. 경관이 진술한 방 안의 모습은 어제 기사 내용과

동일하다.

'이웃에 사는 은 세공사 앙리 뒤발': 그는 자신이 이 집에 제일 먼저 들어갔던 일행 중 한 명이라고 증언. 대체로 뮈제의 진술과 일치. 집으로 들어가자마자 새벽인데도 불구하고 득달같이 몰려든 사람들이 들어오지 못하도록 다시 문을 닫았다. 증인 생각에 날카로운 목소리는 이탈리아어 같았다. 어쨌든 프랑스어가 아닌 것은 분명했다. 남자 목소리인지는 알 수 없다. 아마 여자 목소리인 것 같았다. 그는 이탈리아어를 몰랐지만 억양으로 보아 이탈리아 사람임에 분명하다고 확언했다. 그는 L 부인과 딸을 알고 있었다. 두 사람과 자주 이야기를 나누었다. 날카로운 목소리가 죽은 사람들의 목소리가 아닌 것은 확실하다.

'음식점 주인 오덴하이머': 이 증인은 증언을 자청함. 프랑스어를 할 줄 몰라서 통역을 통해 증언함. 네덜란드 암스테르담 출신. 그는 비명 소리가 나는 시각에 집 앞을 지나고 있었다. 비명은 몇 분간, 대략 10분간 지속되었다. 그 소리는 길고 큰 소리였으며 매우 오싹하고 참혹했다. 그도 그 집 안으로 들어간 사람들 중 한 명이었다. 한 가지만 제외하고는 내부분 앞선 사람의 증언과 일치했다. 그는 날카로운 비명의 주인공이 남자이며 분명 프랑스 남자라고 확신했다. 그는 무슨 뜻이었는지는 알 수 없었지만 크고 빠른 목소리였으며 분명 겁에 질렸거나 분노에 차서 한 말 같다고 증언했다. 그는 그 목소리가 날카롭다기보다는 거칠었다고 증언했다. 어쨌든 날카롭다고는 할 수 없다는 것이었다. 한편 거친 목소리는 계속해서 '악당' '악마'라고 외치더니 한 번인가는 '오, 맙소사!'라고 외쳤다는 것이다.

'은행가 쥘 미뇨': 드로렌느 가에 있는 미뇨 부자(父子) 은행의 은행가로서 아버지의 증언. L 부인에게는 재산이 꽤 있었다. 8년 전 봄부터 자기 은행과 거래를 텄으며 소액을 자주 입금했다. 죽기 사흘 전까지 한 푼도 찾아가지 않다가 그날 본인이 4,000프랑의 돈을 직접 인출했다. 금화로 지불했으며 은행 직원이 집까지 바래다주었다.

'미뇨 부자 은행 직원 아돌프 르봉': 부인이 돈을 인출한 날 정오 무렵 두 개의 가방에 넣은 4,000프랑의 금화를 들고 L 부인의 집까지 따라갔다고 증언함. 문이 열리자 L 양이 나타났고 그의 손에서 가방 하나를 받아들었고 부인이 나머지 가방 한 개를 들었다. 그는 곧바로 인사를 하고 떠났다. 그 시각 거리에는 아무도 없었다. 매우 한적한 뒷골목이었다.

'재봉사 윌리엄 버드' : 집 안으로 들어갔던 사람들 중 한 명이라고 증언. 영국인. 2년 전부터 파리에 살고 있음. 계단을 제일 먼저 올라갔던 사람들 중 한 명이라고 진술했다. 그는 말다툼을 들었다. 그는 거친 목소리의 주인공은 프랑스 사람이라고 증언했다. 몇 마디 단어를 알아들었지만 전부 다 기억하지는 못한다. 분명히 '악당'이라는 말과 '오, 맙소사'라는 말을 들었다. 그 순간 여러 사람이 싸우는 듯 밀치고 당기는 소리가 들렸다. 날카로운 목소리는 거친 목소리보다 훨씬 컸다. 그 목소리가 영국인의 목소리가 아닌 것은 분명하다. 아마 독일인인 것 같다. 아마 여자 목소리인 것 같다. 그는 독일어를 할 줄 모른다.

위에 열거한 증인들 중 네 명이 재소환 되어, 그들이 L 양의 시체가 발견된 방에 도착했을 때 방문은 잠겨 있었다고 증언했다. 온 집 안은 쥐죽은 듯 조용했다. 신음 소리하나, 바스락거리는 소리 하나 들리지 않았다. 문을 강제로 열었을 때 방 안에는 아무도 없었다. 창문은 앞뒤 모두 내려져 있었으며 안에서 굳게 잠겨 있었다. 두 방 사이의 문은 닫혀 있었지만 잠겨 있지는 않았다. 앞방으로부터 복도로 나가는 문은 안에 열쇠가 꽂힌 채 잠겨 있었다. 4층 복도 끝, 이 집 정면에 있는 작은 방의 문은 빠끔히 열려 있었다. 그 방에는 낡은 침대들, 상자 같은 물건들로 빽빽하게 채워져 있었다. 그 물건들을 찬찬히 들어내고 조사가 행해졌다. 집 안 전체를 이 잡듯 샅샅이 수색하고 조사했다. 굴뚝 속도 굴뚝 쑤시개로 몇 번이나 훑어보았다.

이 4층 집에는 다락방이 있었다. 지붕으로 통하는 뚜껑문은 단단히 못질이 되어 있어 몇 년 동안 열린 적이 없는 것 같았다. 싸우는 소리를 들었던 때부터 문을 부수고 들어갈 때까지 경과한 시간에 대한 증인들의 증언은 제각각이었다. 어떤 사람은 3분이라고 말했고 어떤 사람은 5분이라고 늘여 말했다. 어쨌든 문은 겨우 열렸다.

'청부업자 알폰조 가르치오' : 자신도 모르그 가에 살고 있다고 진술함. 스페인 태생. 집에 들어갔던 일행 중 한 명. 그는 계단을 올라가지 않았다. 신경이 예민해서 흥분하면 위험할 것 같아서였다. 그도 싸우는 소리를 들었다.

그는 거친 목소리의 주인공은 프랑스인이라고 주장했다. 하지만 무슨 소리인지는 알 수 없었다. 날카로운 목소리는 영국인의 목소리라고 확신했다. 영어를 모르지만 억양으로 판단할 수 있었다는 것이다.

'제과점 주인 알베르토 몬타니': 계단을 제일 먼저 올라간 사람들 중 한 명이라고 증언. 문제의 목소리를 들었다. 거친 음성의 주인공은 프랑스인이다. 몇 단어를 식별할 수 있었다. 뭔가 타이르는 것 같았다. 날카로운 목소리의 단어는 알아들을 수 없었다. 너무 빠른 데다 고르지 못했다. 러시아인의 목소리로 생각된다. 전반적인 증언에 동의한다. 그는 이탈리아 사람이고 러시아 사람과는 한 번도 대화를 나눈 적이 없다.

재소환된 여러 증인들은 4층에 있는 모든 방의 굴뚝이 너무 좁아 사람이 빠져나가는 것은 불가능하다고 증언했다. 굴뚝 청소부들이 사용하는 쑤시개로 집 안의 굴뚝이란 굴뚝은 모두 쑤셨다. 일행이 계단을 오르는 동안 그 누군가 아래로 내려갈 수 있는 뒤쪽 통로는 없다. L 양의 시체는 굴뚝에 하도 단단하게 처박혀져 있어서 너댓 명이 힘을 합해서 겨우 끌어낼 수 있었다.

'의사 폴 뒤마' : 동틀 무렵 검시를 위해 소환되었다고 진술함. 두 시신 모두 L 양의 시신이 발견된 방 안의 침대 시트에 눕혀져 있었다. 딸의 시신에는 상처와 찰과상이 많았다. 시체가 굴뚝에 처박혀 있었기에 생긴 것으로 확증할 수 있다. 목 부분의 살점이 심하게 떨어져 나가 있었다. 턱 바로 아래는 심하게 할퀸 흔적이 여럿 있었고 그와 함께 분명히 손가락으로 눌러서 생긴 듯한 반점이 여러 군데 있었다. 얼굴빛은 무섭게 변색되어 있었으며 눈알이 튀어나와 있었다. 혀는 일부가 끊겨져 있었다. 명치 위에 심한 타박상이 있었는데 분명 무릎으로 눌러서 생긴 것이다. 뒤마 박사의 의견으로는 레스파네 양은 누군가 한 명, 혹은 여러 명에 의해 질식사했다는 것이다.

어머니의 시신은 처참하게 절단되어 있었다. 오른쪽 팔다리뼈는 으스러져 있었으며 왼쪽 늑골 전부와 왼쪽 정강이뼈는 산산조각 나 있었다. 온몸이 심하게 타박상을 입고 변색되어 있었다. 도대체 어떤 방법으로 이런 위해를 가했는지 알 수 없는 일이다. 묵직한 나무 몽둥이나 굵은 쇠막대기든지 혹은 의자든지 어쨌든 크고 무겁고 무딘 무기를 힘이 억센 자가 마구 휘둘러서 생긴 것으로 볼 수밖에 없다. 여자로서는 그 어떤 무기로도 그런 위해를 가할 수는 없을 것이다. 사망자의 머리는 몸에서 완전히 떨어져 나온 것과 마찬가지이며 역시 심하게 부서져 있었다. 목은 뭔가 날카로운 것, 예컨대 면도칼 같은 것으로 잘라낸 것이 분명하다.

'외과 의사 알렉산드르 에티엔느' : 뒤마 박사와 함께 시체를 검시하기 위해 소환됨. 뒤마 박사의 증언과 의견에 대체로 동의함.

그 외에도 여러 사람들이 조사를 받았지만 더 이상 중요한 사실은 밝혀지지 않았다. 이토록 괴이쩍고 모든 것이 수수께끼 같은 살인 사건이—정말 살인 사건이 벌어진 것이라면—이제껏 파리에서 일어난 일은 결코 없었다. 경찰은 완전 속수무책인 상태에서 어찌할 바를 모르고 있으니 이런 종류의 사건에서는 몹시 드문 일이다. 어쨌든 그 어떤 단서도 나타나지 않고 있다.

석간신문은 생 로슈구(區) 전체가 아직 흥분의 도가니에 휩싸여 있다는 것과, 사건 현장에 대한 재수색과 증인들에 대한 재

심문이 있었지만 아무 소득이 없었다고 보도하고 있었다. 그런데 아돌프 르봉이라는 자가 앞서 상세히 보도한 내용 외에 그를 범인으로 지목할 만한 새로운 증거가 나온 것이 없음에도 불구하고 체포되어 수감되었다고 추가 보도로 전하고 있었다.

뒤팽은 이 사건의 진행 과정에 대해 유별나게 흥미를 느끼는 것 같았다. 물론 그는 그 사건에 대해 아무런 언급도 없었지만 그의 태도를 보고 내가 판단한 것이다. 그는 르봉이 수감되었다는 신문 보도를 보고 나서야 처음으로 이 사건에 대한 내 의견을 물었다.

나는 모든 파리 사람들과 마찬가지로 이 사건이 풀기 어려운 수수께끼라는 생각을 하고 있었다. 살인범을 추적할 만한 방법이 도무지 보이지 않았던 것이다.

"이런 식의 수박 겉핥기식의 조사만 보고 방법이 있는지 없는지 판단해선 안 돼."

내 말을 듣고 뒤팽이 말했다.

"파리 경찰에 대해서는 대단히 민완(敏腕)하다고 칭송이 자자하지. 맞아, 약기는 해. 하지만 그 이상도 그 이하도 아니야. 그들의 수사과정에는 응급수단만 있을 뿐 방법이 없어. 물론 수많은 방책들을 세우기는 하지. 하지만 그 방책들이 지금 눈앞에서 제기되고 있는 목적에 부합되는 경우는 거의 없어. 몰리에르(17세기 프랑스 고전주의 작가)의 희극 『부르주아 귀족』에 나오는 주르댕 씨가 음악 감상을 제대로 하겠다며 잠옷을 갖다달라고 명령하는 것과 같다는 생각을 떨칠 수 없어. 그들은 종종 놀랄 만한 결과를 얻어내기도 하지. 하지만 대부분 순전히 부지런한 활동 덕분에 얻어낸 것들일 뿐이야. 그러한 자질이 별 쓸모없는 경우에는 그들의 계획은 실패할 수밖에 없어.

비도크의 예를 들어볼까? 그는 추측의 명수인 데다 끈기도 있는 사람이었어. 하지만 제대로 사고 훈련이나 교육을 받지 않았지. 그래서 늘 수사만 너무 열심히 하는 통에 오히려 계속 실패만 거듭한 거야. 말하자면 사건을 너무 가까이서 보는 바람에 시야를 망치게 되었다고 볼 수 있지. 아마 한두 가지 정도는 아주 정확하게 볼 수 있을지도 몰라. 하지만 결국에는 그 때문에 사태를 전체적으로 볼 수 없게 된 거야. 말하자면 사건을 너무 깊이 파고 들어서 범하는 잘못이라고 할 수 있지. 진실은 반드시 우물 속에 숨어 있는 것이 아니라네. 사실상, 아주 중요한 정보는 늘 표면에 존재한다고 나는 믿고 있어. 우리가 진리를 찾아 뒤지고 있는 계곡에는 깊이가 있지만, 정작 진리가 발견된 산꼭대기에는 깊이가 없다 이거지.

그 오류가 어떤 성격이며, 왜 그런 오류를 빚는지는 천체 관찰에 빗대어 생각하면 쉽게 이해할 수 있다네. 별빛을 제대로 관찰하려면 별을 곁눈질로 바라보아야 하는 법이네. 망막의 바깥 부분만 별을 향하게 하는 거지. 망막의 바깥 부분이 안쪽보다 약한 광선을 쉽게 받아들이기 때문일세. 곁눈질로 흘깃 봐야 별을 똑바로 볼 수 있다는 말일세. 별빛은 우리가 그것을 똑바로 바라보면 바라볼수록 희미해지는 법이야. 그 경우 더 많은 광선이 우리 눈에 들어오기는 하겠지만 별을 제대로 이해할 수는 없어. 오로지 곁눈질로 보아야만 별에 대한 이해 능력이 생기는 거야. 너무 깊이 파고 들어가다 보면 우리는 혼란스러워지고 사고 능력이 약화된다네. 너무 오랫동안, 너무 집중해서, 혹은 너무 직접적으로 금성을 바라보다보면 그 별이 아예 하늘에서 사라져버리는 결과를 빚고 말지.

이번 살인 사건에 관해 우리의 의견을 세우기 전에 우선 직접 몇 가지 조사를 해보기로 하세. 뭔가 조사를 한다는 건 재미있는 일이거든. (나는 재미있다는 말을 이럴 때 쓸 수 있는 것인지, 야릇한 기분이 들었지만 아무 말도 하지 않았다.) 게다가 르봉이 언젠가 나를 위해 뭔가 수고를 해준 적이 있어 지금까지도 고맙게 생각하고 있다네. 우리 그 집으로 가서 직접 우리 눈으로 확인해 보세. 경찰서장 G 씨를 내가 알고 있으니 어렵지 않게 허락을 받아낼 수 있을 거야."

우리는 허락을 받아낸 뒤에 곧바로 모르그가로 달려갔다. 그곳으로 가는 길은 리슐리외가와 생 로슈가 사이의 구질구질한 골목길들 중의 하나였다. 우리가 살고 있는 집으로부터 상당히 떨어진 곳에 있었기에 우리는 저녁 늦게야 그 집에 도착했다. 집은 쉽게 찾을 수 있었다. 아직 많은 사람들이 길 건너편에 옹기종기 모여 쓸데없는 호기심에 찬 눈으로 닫혀 있는 덧창문을 바라보고 있었던 것이다. 평범한 파리식 저택으로서 대문 한쪽 편에 '수위실'이라는 팻말을 판유리 위에 써놓은 초소가 있었다.

우리는 안으로 곧장 들어가지 않고 집을 지나쳐 계속 거리를 따라 걸어 올라갔다. 이윽고 골목길을 두 번 꺾어서 건물 뒤쪽으로 갔다. 그 사이 뒤팽은 그 집은 물론이고 주변의 집들도 아주 세심하게 살폈다. 하지만 나는 그가 왜 그러는지 알 수 없었다.

우리는 가던 길을 되돌아와서 집 현관에서 벨을 눌렀고 담당 경관에게 증명서를 보여준 뒤에 안으로 들어갈 수 있었다. 우리는 계단을 올라 L 양의 시신이 발견된 방으로 들어섰다. 두 명의 시신은 여전히 침대에 놓여 있었고 방 안은 여전히(신문보도대로) 어수선하기 짝이 없었다. 내 눈에는 「트리뷔노」지에 실린 내용 이상의 것은 보이지 않았다. 하지만 뒤팽은 한 곳도 빼놓지 않고 구석구석 살폈으며 심지어 시신까지도 샅샅이 조사했다. 이어서 우리는 다른 방으로 가서 그 방도 살펴본 후 뜰로 나갔다. 경찰은 우리들에게 바싹 붙어서 따라다녔다. 우리는 어두워질 때까지 조사를 하고 그 집을 떠났다. 집으로 오는 도중에 내 친구는 잠깐 어느 일간 신문사에 들렀다.

나는 내 친구의 이중적인 성격과 변덕에 대해 이미 말한 적이 있다. 그리고 그에 대해 그럭저럭 적응해서 지내고 있다는 식으로 말했을 것이다. 이번에도 무슨 변덕에서인지 뒤팽은 다음 날 정오까지 살인 사건에 대해 한 마디 말도 꺼내지 않았다. 그런데 그가 갑자기 그 잔인한 현장에서 뭔가 색다른 점을 발견한 게 없느냐고 내게 물었다. 어딘지 '색다른'이라는 단어를 강조하는 듯한 말투였고 나는 왜 그런지 몸서리를 쳤다.

"아니, 별로 색다른 건 없었어." 내가 대답했다. "최소한 우리가 신문에서 본 것 이상의 것은 없었어."

"그 신문이란 게." 뒤팽이 말했다. "이 사건의 유례없는 잔혹성에 대해서는 전혀 주목하지 않고 있어. 하지만 신문의 하찮은 의견 따위야 아무래도 좋아. 이 수수께끼는 겉보기에는 해결이 쉬운 것처럼 보이지 않나? 겉으로 특징이 확연히 드러나 있으니 말일세.

하지만 내가 보기에는 해결이 쉽다고 여겨지게 만든 바로 그 요인들 때문에 오히려 해결할 수 없는 사건으로 여겨지게 된 거야. 경찰은 동기를 찾을 수 없어서 당황하고 있어. 살인 자체의 동기를 말하는 게 아니네. 이렇게 잔혹하게 살인을 저지른 동기 말일세. 경찰은 또한 싸우면서 들린 목소리들을 다른 사실들, 즉 살해된 L 양의 시신 외에는 위층에서 아무도 발견할 수 없었다는 사실, 위층으로 올라간 일행들 눈에 띄지 않고 이 집에서 빠져나갈 방법이라곤 없다는 사실과 연결시킬 수 없어서 당혹해 하고 있어.

게다가 방 안이 엉망으로 어질러져 있었다는 사실, 시체가 굴뚝 속에 거꾸로 처박혀 있었다는 사실, 나이 든 부인의 몸이 끔찍하게 토막 나 있다는 사실, 기타 내가 언급할 필요도 없는 사소한 일들이 앞서 내가 말한 것들과 얽히고설켜서 민완(敏腕)을 자랑하는 프랑스 경찰을 완전히 혼란에 빠뜨리고 힘을 마비시키고 있는 거지. 그들은 '범상치 않은 일'을 '난해한 일'과 혼동함으로써 총체적으로 잘못을 범하게 된 거지. 흔히들 범하는 잘못이야. 그런데 이성이 제 길(적어도 진실을 찾아 떠난 길을 말하는 걸세)로 접어들었다고 느낄 때란 바로 '범상한 수준'에서 벗어났을 때일세. 우리가 지금 행하고 있는 조사에서는 '무슨 일이 일어났는가?'라고 묻기보다는 '전에 한 번도 일어난 적이 없는 어떤 일이 일어났는가?'라고 물어야 하네. 자네는 내가 얼마나 쉽게 이 사건 해결에 도달하게 되는지—아마 이미 도달해 있는지도 모르지—보게 될 걸세. 그런데 나의 그 용이함은 경찰의 해결 불가능성과 정확히 정비례한다네. 그들에게는 해결을 불가능하게 만드는 것처럼 보이는 사실들이 오히려 내게는 그만큼 해결을 쉽게 해준단 말일세."

나는 놀란 눈으로 그를 말없이 똑바로 쳐다보았다.

"지금 나는 기다리고 있는 중이라네." 그가 방문 쪽을 바라보며 말을 이었다.

"지금 난 어떤 사람을 기다리고 있단 말일세. 그가 이 잔혹한 살인극의 범인은 아닐지라도 어느 정도 이 살인극과는 관련이 있는 게 틀림없어. 아마 이 범죄의 가장 극악한 부분에 있어서는 그는 죄가 없을 걸세. 나는 나의 그 가정이 맞기를 바라고 있어. 바로 그것을 토대로 수수께끼의 전모를 밝히리라는 기대를 하고 있으니 말일세. 나는 지금이라도 그 자가 이곳, 바로 이방으로 오리라 기대하고 있네. 사실 그가 오지 않을지도 모르지. 하지만 십중팔구는 올 것이네. 그가 나타난다면 잡아 둬야 하네. 여기 권총들이 있네. 권총을 사용해야만 하는 경우가 올지도 몰라. 우리 둘 다 권총을 사용할 줄 알지 않는가."

나는 도무지 무슨 영문인지도 모르면서, 또한 뒤팽이 한 말을 믿지도 않으면서 권총을 잡았다. 그러는 사이에도 뒤팽은 마치 독백이라도 하듯 말을 계속했다. 나는 그런 경우 그의 행동이 추상적이 된다고 전에도 말한 적이 있다. 그는 분명 내게 말을 하고 있었다. 하지만, 비록 큰 목소리는 아니었다 할지라도 분명 멀리 떨어져 있는 사람에게 건네는 어투였다. 그는 멍한 표정으로 벽만 바라보고 있었다.

"계단을 올라가던 사람들이 들었다는 다투는 소리 말일세." 그가 말했다. "그 목소리가 여자 목소리가 아니라는 것은 증인들에 의해 충분히 입증되었지. 그 사실 덕분에 나이 든 부인이 딸을 먼저 죽이고 자살했을 수도 있다는 가정은 지워버릴 수 있네. 살인 방법에 대해 말하기 위해 그 점을 지적한 것뿐이네.

게다가 레스파네 부인의 힘으로 딸을 그런 식으로 굴뚝에 처박을 수 있었다는 건 생각도 못할 일이지. 또한 그녀 시신의 상태로 보아 자살했으리라는 생각도 어불성설이야. 그렇다면 살인은 제삼자가 저지른 거지. 그리고 사람들이 들었다는 다투는 소리는 바로 그 제삼자의 목소리였네. 자, 이제 그 사람들의 증언에 대해 주의를 기울여 보세. 그 목소리에 대한 모든 증언들을 살펴보자는 게 아닐세. 그 증언들의 색다른 점에 대해 주목하자는 말일세. 자네, 그 증언들에서 뭔가 특이한 점을 발견하지 못했나?"

나는 거친 목소리는 프랑스 사람의 목소리라는 데 증인들의 의견이 일치했지만 날카로운 목소리에 대해서는 각자 의견이 달랐다는 점, 어떤 증인은 그 소리를 날카롭다기보다는 거친 목소리라고 증언한 점 등을 그에게 말해주었다.

"그건 단지 증언일 뿐이지." 뒤팽이 말했다. "그것이 바로 증언의 특이한 점은 아니야. 자네는 특이한 점은 전혀 알아채지 못했군. 그들의 증언에는 주목할 만한 점이 있다네. 자네 말대로 모든 증인들이 거친 목소리에 대해서는 의견이 일치했네. 모두 이구동성이었어.

하지만 날카로운 목소리는 그렇지 않았네. 그들의 의견이 일치하지 않았다는 사실을 말하는 게 아니야. 이탈리아인, 영국인, 스페인인, 네덜란드인과 프랑스인이 모두 그 목소리에 대해서 각자 외국어 같다고 말한 점을 지적하는 것일세. 그 사람들 모두 그 말이 자신의 모국어가 아니라고 생각한다는 점이 일치한단 말일세. 각자 그 소리를 자신과 의사소통이 가능한 나라의 사람이 쓰는 언어가 아니라 그 반대로 보고 있다는 말이지.

프랑스인은 그 목소리가 스페인어라고 하면서 자기가 스페인어를 알았다면 몇 마디는 알아들었을 거라고 말했어. 네덜란드인은 그 소리가 프랑스인의 목소리였다고 주장하고 있네. 하지만 그는 프랑스 말을 몰랐기에 통역을 통해서 조사를 받았다고 신문에 나와 있지. 영국인은 그 소리를 독일어라고 생각하네. 하지만 그는 독일어를 전혀 못해. 스페인인은 그 목소리가 영국인의 목소리라고 확신하고 있네. 하지만 영어를 모르기에 억양으로 봐서 그렇다는 거야. 이탈리아인은 그 목소리가 러시아인의 목소리라고 믿고 있네. 하지만 러시아인과는 대화를 나눠본 적이 없는 사람이야. 게다가 두 번째 프랑스인 증인은 먼젓번 프랑스인과는 다른 증언을 하고 있네. 그 목소리가 이탈리아인의 목소리라는 거야. 하지만 그도 이탈리아어를 모르며, 그저 억양으로 봐서 그렇다는 거야.

자, 그러니, 이런 증언들을 이끌어내는 그 소리라는 건, 실제로 그 얼마나 이상한 소리인가! 유럽 5개국에 거주하는 주민 그 누구에게도 전혀 익숙하지 않은 억양이라니! 아마 자네 머릿속에는 아시아어나 아프리카어가 떠올랐는지 모르겠네. 파리에는 아시아인이나 아프리카인이 드물잖은가.

하지만 그런 추측을 부정하기 전에, 먼저 자네에게 세 가지 점을 주목하라고 말하고 싶네. 한 증인이 그 목소리를 날카로운 목소리라기보다는 거친 목소리라고 했지? 다른 두 명은 빠르고 고르지 못하다고 했네. 어떤 증인도 그 어떤 단어나 단어 비슷한 것을 분명 알아들었다고 진술하지 않았네."

잠시 멈추었다가 뒤팽이 말을 이었다.

"지금까지 내가 한 말이 자네의 생각에 어떤 인상을 주었는지는 모르겠네. 그렇지만 거칠고 날카로운 목소리에 대한 증언들을 정당하게 추리해보는 것만으로도 이 수수께끼 사건의 수사를 올바른 방향으로 이끌 수 있는 그 어떤 혐의점을 찾아낼 수 있다는 말만은 주저 없이 할 수 있네. 내가 '정당하게 추리' 한다고 말했지? 하지만 그 표현으로는 내가 말하고자 하는 바를 제대로 담아낼 수 없어. 내가 하고 싶었던 말은 거기에 딱 맞는 단 한 가지 추리가 있으며 바로 그 추리의 유일한 결과로서 혐의점이 '불가피하게' 발생한다는 것이라네. 하지만 그 혐의점이 무엇인지는 아직 말하지 않겠네. 다만 그 혐의점이 너무 강력해서 내가 방 안을 조사할 때 하나의 결정적인 형태, 혹은 그 어떤 일정한 방향을 제시해주었다는 점만은 명심해주기를 바라네.

자, 우리가 그 방을 이곳으로 옮겨 왔다고 가정해보세. 우리가 우선적으로 찾아봐야 할 것은 무엇이겠나? 살인자들이 이 방에서 빠져나간 방법일세. 우리 둘 다 초자연적인 사건을 믿지 않는다는 것은 두말 할 필요도 없겠지? 레스파네 부인과 그 딸은 유령에게 살해된 게 아니야. 범행을 저지른 자들은 육신이 있었고, 그 육신을 이끌고 도망친 거야. 그렇다면 어떻게? 다행히 그 점에 관한 한 딱 한 가지 추론밖에 있을 수 없고, 바로 그 추론이 우리를 결정적인 결론으로 이끌어줄 걸세. 자, 가능한 탈출 방법을 하나하나 따져보세. 사람들이 계단을 올라갈 때 살인자는 L양의 시신이 발견된 방이나 최소한 그 옆방에 있었다는 것은 분명하네. 따라서 우리는 오로지 그 두 방에서만 탈출구를 찾아야 하지. 경찰은 바닥과 천장과 돌로 된 벽을 그야말로 샅샅이 뒤졌어. 비밀 통로가 있었다면 발각되지 않을 수 없었을 거야. 하지만 나는 그들의 눈을 신뢰할 수 없어서 내 눈으로 직접 조사했다네. 비밀통로 같은 것은 없었네. 두 방 모두 복도로 향하는 문은 안에 열쇠가 매달린 채 굳게 잠겨 있었다네.

이번에는 굴뚝들을 살펴보기로 하세. 굴뚝들은 벽난로 위 3미터 정도까지는 보통 넓이였지만 더 올라가면 몸집이 큰 고양이도 빠져나가기 힘들 정도로 좁아진다네. 지금까지 살펴본 곳 어디로도 탈출한다는 것은 절대로 불가능하니 이번에는 창문으로 접근해보세. 방의 정면 창문을 통해서는 거리의 군중들 눈에 띌 것이니 도망칠 수가 없지. 그렇다면 살인자는 뒷방 창문을 통해 탈출한 게 틀림없어. 이제 이렇게 명료한 결론에 도달한 이상 겉으로 불가능해 보인다고 해서 제쳐 놓는 것은 추론가인 우리들이 취할 태도가 아니지. 이제 우리에게는 겉보기에 불가능해 보이는 것이 실제로는 그렇지 않다는 것을 증명하는 일만 남은 셈이네.

방에는 두 개의 창문이 있네. 그중 하나는 가구에 가려 있지 않아 통째로 보이지. 다른 한쪽 창문 아래쪽은 그 창문에 바짝 붙어 있는 침대 머리판에 가려져 있지. 먼저 말한 창문은 안에서 단단히 닫혀 있네. 아무리 들어 올리려고 용을 써도 꿈쩍도 안하지. 창틀 왼쪽 편에 커다란 나사송곳으로 뚫은 구멍이 있고 거기에 아주 단단한 못이 거의 못대가리까지 깊이 박혀 있네. 다른 창문을 조사해보니 그곳에도 똑같은 방식으로 못이 박혀 있었네. 그 문을 들어 올리려고 아무리 애를 써도 소용이 없었지. 따라서 경찰은 창문 쪽으로는 탈출구가 없다고 굳게 확신했지. 그러니, 못을 빼서 창문을 열어본다는 것은 쓸데없는 짓이라고 생각한 거라네.

하지만 내가 행한 조사는 좀 색달랐다네. 내가 방금 전에 말한 바로 그 이유 때문이라네. 겉보기에 불가능해 보이는 것이 실제로는 그렇지 않다는 것을 증명해야 할 곳은 바로 이곳이라는 것을 알았던 거라네.

나는 귀납적으로 이렇게 추론했네. 살인자들은 이 두 창문 중 하나를 통해 도망갔다. 하지만 만일 그렇다면 그들은 이 창문을 안에서 다시 고정시켜놓을 수 없었다. 너무나 명백한 사실이었기에 경찰은 이 방면에 대해 샅샅이 조사하는 일을 단념했던 거야.

어쨌든 창문은 잠겨 있었네. 그렇다면 이 창문에는 자동 잠금 장치가 되어 있었던 거야. 그런 결론으로부터 회피할 길은 없었네. 나는 아무것으로도 가려져 있지 않은 창문 쪽으로 가보았네. 그리고 어렵사리 못을 뽑고 창문을 들어 올리려 했네. 하지만 예상했던 대로 꼼짝도 하지 않았지. 나는 분명 어딘가에 보이지 않는 스프링 장치가 있다는 것을 알게 되었네. 조심스럽게 찾아보았더니 스프링이 숨겨져 있는 것을 발견할 수 있었지. 그 사실을 확인하는 순간, 비록 못에 얽힌 정황은 여전히 수수께끼로 남아 있지만 내 전제가 옳다는 확신이 들었네. 나는 스프링을 눌러보았지. 하지만 스프링을 발견한 것에 마음이 흡족해서 창문을 열어보지는 않았네.

이번에는 못을 다시 꽂고 그것을 유심히 살펴보았네. 이 창문을 통해 빠져나간 자가 창문을 다시 닫았을 수도 있고, 스프링도 다시 제 자리로 돌아갈 수도 있겠지만, 못을 제 자리에 이렇게 꽂아놓을 수는 없는 노릇 아닌가? 결론은 뻔했지. 나의 조사 범위가 좁혀진 걸세. 살인범은 틀림없이 다른 창문을 통해 도망간 거라네.

그렇다면 다른 창문에서 어떤 걸 살펴봐야 할까? 각 창문마다 달려 있는 스프링은 똑같은 것일 확률이 높으니까, 차이는 못에 있을 걸세. 최소한 못을 끼워 넣는 방법에 차이가 있겠지. 나는 침대 머리로 올라가 두 번째 창문에 잇대어 있는 침대 머리판을 세밀하게 살펴보았네. 판자 뒤로 손을 넣고 아래를 더듬으니 스프링이 잡히더군. 그걸 눌렀지. 생각대로 옆 창문과 같은 스프링이었네. 그 사실을 확인하고 나는 못을 살펴보았지. 옆 창문과 마찬가지로 단단한 못이었고 거의 못대가리까지 박혀 있었네.

자네는 내가 당황했으리라고 말하고 싶지? 하지만 자네가 만일 그렇게 생각한다면 자네는 귀납법의 성격을 제대로 이해

하지 못하고 있는 걸세. 사냥 용어를 사용한다면 나는 냄새를 잘못 맡은 적이 없어. 한순간도 짐승 냄새를 놓친 적이 없단 말일세. 사슬 고리 그 어디에도 어긋난 곳이 없어. 나는 비밀의 최종 결과까지 추적해온 것이고 그 결과가 바로 '못'이었던 거란 말일세.

어느 면으로 보나 그 못은 다른 창문의 못들과 같았네. 자네 눈에는 그 사실이 결정적으로 보였을지도 모르지만 내가 풀어온 실마리가 바로 이 지점에서 마무리될 수 있다는 사실과 견주어보면 그건 하등 가치가 없는 사실일 뿐이었지.

'틀림없이 못에 뭔가 곡절이 있을 것이다'라고 나는 생각했지. 나는 못을 만져보았네. 그랬더니 못이 대가리와 함께 약 5센티미터 정도 빠져나오더군. 나머지 부분은 부러진 채 구멍 속에 그대로 박혀있었다네. 언저리가 녹슨 것으로 보아 오래전에 부러진 것이 분명했지. 분명 망치로 못을 박다가 그렇게 되었을 걸세. 못은 창틀 밑쪽에 일부분이 박혀 있던 거지. 나는 조심스럽게 못대가리 부분을 내가 뽑아냈던 곳에 다시 끼워 넣었네. 겉보기에는 못이 완전히 박혀 있는 것 같았고 부러진 곳은 보이지 않았네. 나는 스프링을 누르고 창틀을 약간 들어 올려 보았네. 못대가리가 창틀과 함께 올라오더군. 나는 다시 창문을 닫았네. 그랬더니 마치 온전히 못이 박혀 있는 듯 딱 들어 맞더군.

이제 수수께끼는 풀린 셈이네. 살인범은 침대 위쪽 창문을 통해 도망간 거라네. 살인범이 나가자마자 저절로 내려와서(어쩌면 일부러 닫았는지도 모르지) 스프링의 힘으로 잠기게 된 거지. 경찰은 스프링의 힘이 문을 지탱하고 있는 것을, 못이 박혀 있는 것으로 착각했던 거지. 그러니 더 이상 창문에 대한 수사는 필요 없다고 생각하게 된 거야.

다음에 풀어야 할 숙제는 저 창문을 통해 아래로 내려가는 방법이었다네. 그 점에 관해서는 자네와 함께 집 주변을 돌아보면서 만족할 만한 답을 얻었지. 저 창에서 1.5미터 정도 떨어진 곳에 피뢰침 장대가 지나고 있더군. 물론 그 대를 타고서는 그 누구도 창을 통해 방으로 들어가기는커녕 창문에 손도 댈 수도 없었을 걸세. 하지만 나는 4층의 창문이 파리 목수들이 '페라데'라고 부르는 특수한 양식으로 되어 있다는 사실을 발견했네. 요즘에는 별로 쓰이지 않는 양식이지만 리용이나 보르도 같은 곳의 고옥(古屋)에서는 흔히 볼 수 있지. 보통 문들처럼 생겼고(양쪽으로 젖히는 문이 아니라 외짝 문 말일세.) 아랫부분 반쪽에 창살이 있어서 손으로 잡기에 안성맞춤이지. 이 집 창문들의 덧창의 폭은 1미터 정도 되고 우리가 집 뒤에서 봤을 때 둘 다 반쯤 열려 있었지. 말하자면 벽면과 직각을 이루고 있었다는 말일세.

아마 경찰도 나처럼 건물 뒤쪽을 살펴보았을 거야. 하지만 페라데를 보면서도 이 덧창이 넓다는 것을 알지 못했을 거야. 혹은 아예 그런 건 신경도 안 썼겠지. 실제로, 이 창문을 통해서 탈출한 것이 아니라는 선입견에 사로잡혀 있었으니 당연히 건성으로 조사하는 둥 마는 둥 했을 걸세.

하지만 침대 위의 창문에 달려 있는 덧창을 벽 쪽으로 활짝 열어젖히면 피뢰침 장대에서 불과 60센티미터 정도밖에 떨어져 있지 않게 된다는 사실을 나는 확실히 알 수 있었네. 비상한 힘과 용기를 낸다면 피뢰침 장대를 통해 이 방으로 들어올 수도 있다는 사실이 확실해진 것이지. 덧창문이 활짝 열려 있었다면 범인은 창살을 꽉 잡을 수 있는 거리에 있을 수 있단 말이야. 그런 뒤에 피뢰침 장대를 잡았던 손을 놓고 두 발로 안전하게 벽을 딛고 힘차게 뛰어오르면 덧창문이 저절로 닫히겠지. 그리고 당시 창문이 열려 있었다면 범인은 방 안으로 뛰어들었겠지.

그렇게 위험하고 어려운 곡예를 성공시키려면 아주 비상할 정도의 활동력이 필요했을 섯이란 짐을 꼭 명심해 두길 바라네. 내가 우선적으로 자네에게 보여주고 싶은 것은 그처럼 난해한 곡예가 분명히 수행되었을 것이라는 사실이네. 하지만 두 번째로는—사실 이게 더 중요한데—바로 그 비범함, 그 임무를 완수하는 데 필요한 초자연적인 민첩함 바로 그것을 자네에게 각인시켜주고 싶네.

자네는 아마 법률 용어를 동원해 가며 이렇게 말할 걸세. '사건을 보다 잘 해결해 나가려면 이 범행을 저지르는 데 필요했던 활동을 과대평가해서 떠벌리기보다는 좀 더 과소평가해야 하는 것 아닌가?'라고. 법에 관한 한 그것이 관례일지도 모르지. 하지만 이성에 관한 한 그렇지 않다네. 내 궁극적 목표는 오로지 진실일세. 내가 즉각적으로 노리는 것은 자네가 내가 방금 말한 그 비범한 활동력을 그 이상한 날카롭고(혹은 거친) 고르지 못한 소리, 그 국적이 어딘지 의견일치를 본 사람이 전혀 없고 단 한 마디도 제대로 알아듣지 못한 그 소리와 한 번 겹쳐 생각했으면 하는 거라네."

그 말을 듣자 뒤팽이 말하고자 하는 바가 무엇인지 막연하면서도 대충은 알 것 같은 개념이 머리를 스쳐지나갔다. 나는 마치 이해할 능력이 없으면서도 뭔가 이해가 될 것 같은 일종의 변경(邊境)에 놓여 있는 것 같았다. 사람이란 끝내 생각해 내지 못하면서도 뭔가 생각이 떠오를 것 같은 그런 상태에 종종 처하는 법이 아닌가. 나의 친구는 이야기를 이어나갔다.

"자네 내가 문제를 탈출 방법으로부터 침입 방법으로 바꾼 걸 알겠지? 그 둘이 같은 방식으로 같은 곳에서 이루어졌다는 걸 말하고자 하는 거라네. 자, 다시 우리의 시선을 방 안으로 옮겨보세. 그리고 그곳의 겉모습들을 살펴보세. 살인범이 서랍을 약탈했지만 많은 옷들이 남아 있다고들 했지? 말도 안 되는 결론이야. 어리석은 억측일 뿐이란 말일세. 서랍 속에서 발견한 옷들이 고스란히 원래 있던 것인지 아닌지 어찌 알 수 있단 말인가?

레스파네 모녀는 완전히 세상과 담을 쌓고 살았네. 손님도 오지 않고 외출도 거의 하지 않았으니 옷을 자주 갈아입을 필요도 없었지. 최소한 그곳에 남아 있는 옷들은 그런 여자들이 가지고 있음직한 좋은 옷들이었어. 만일 도둑들이 옷을 가져갔다면 그렇게 좋은 것들을 왜 가져가지 않았겠나? 아니, 도대체 왜 전부 쓸어가지 않았을까? 게다가 몇 조각의 옷을 가져가면서 왜 4천 프랑의 금화를 포기했단 말인가? 금화는 내버리고 갔잖은가? 은행가 미뇨 씨가 말한 금액 전부가 가방에 든 채

방바닥에서 발견되지 않았는가?

그러니, 집 앞에서 돈을 전달했다는 증언 때문에 경찰의 뇌리에 떠오른 그 멍청한 범행동기 따위는 던져 버리라고 하는 소리일세. 이보다(돈이 전달된 지 사흘 만에 그 돈을 받은 사람이 살해되는 일) 열 배는 더 심한 우연이 우리들의 삶속에서는 늘 벌어지고 있다네. 단지 주목을 받지 못하고 지나가버리는 것일 뿐이지. 일반적으로 우연의 일치라는 것은 확률론에 대해 아무것도 모르는 사람들의 유추에 커다란 장애물 구실을 하지. 인간의 가장 빛나는 탐구 대상들이 바로 그 확률론에 힘입어 증명이 될 수 있는데 말일세.

이번 사건의 경우 만일 금화가 없어졌다면 그 금화가 사흘 전에 전달되었다는 사실은 우연의 일치 이상의 의미를 지녔을 것일세. 그것이 범행 동기일 수 있다는 생각을 뒷받침해주었을 테지. 하지만 이번 사건의 경우 만일 금화가 살해의 동기였다면 이 흉악한 범죄를 저지른 자는 금과 함께 동기까지 내던진 우유부단한 천치라고 생각할 수밖에 없지.

자, 이제 내가 자네에게 주목하라고 한 점들, 그러니까 그 이상한 목소리, 비범하게 날랜 행동, 이처럼 극악무도한 살인에 동기가 없다는 사실 등을 염두에 둔 채 이 살인을 그 자체로서

한 번 바라보기로 하세.

여기 한 여자가 손아귀 힘에 의해 목을 졸린 채 거꾸로 굴뚝에 처박혀 있네. 보통 살인자라면 결코 그런 식의 살해 방법을 쓰지 않지. 무엇보다 살해된 자를 그런 식으로 두지는 않지. 시체를 굴뚝에 처박아둔 행동에서 지나치게 상례를 벗어난 그 무언가가, 범인을 갈 데까지 가버린 사악한 인간으로 치더라도 우리가 노부지 인간의 행동이라고 여기기 어려운 점이 있다는 것을 자네도 인정할 수 있을 걸세. 게다가 여러 사람이 용을 써서야 겨우 끌어내릴 수 있었던 시체를 그 좁은 구석에 쑤셔 박을 수 있던 힘이 그 얼마나 어마어마했겠는가!

이번에는 엄청난 완력을 썼다는 또 다른 증거를 살펴보세. 벽난로 위에 반백의 머리카락이—아주 수북한 머리카락이—한 움큼 있었지. 아예 뿌리째 뽑혀 있었어. 스무 올이나 서른 올의 머리카락을 그렇게 한꺼번에 뽑아내려면 얼마나 큰 힘이 필요한지 알겠지? 나나 자네가 그 문제의 머리 다발을 보지 않았나. 머리카락 뿌리에는(정말 보기에도 끔찍할 정도로!) 두개골 살점이 엉겨 붙어 있었어. 한꺼번에 몇 십만 개의 머리칼을 뽑아 낼 수 있는 놀라운 힘의 소유자라는 증거일세. 게다가 노부인의 목은 단순히 잘린 게 아니라 머리가 완전히 몸에서 떨어져 나가 있었네. 살해도구라고는 고작 면도칼일 뿐이었는데 말일세. 나는 자네가 이 행동이 야수처럼 잔인하다는 사실에 주목하길 바라네. 레스파네 부인의 몸에 가해진 상처에 대해서는 아무 말도 않겠네.

뒤마 박사와 그의 충실한 조수인 에티엔느 씨는 피해자들이 뭉툭한 연장에 의해 충격을 입었다고 말했네. 그 점에 있어서 그들의 말은 정확하네. 뭉툭한 연장이란 분명 뜰에 있는 포석일 것이며 피살자는 침대 위의 창문을 통해 떨어진 것이라네. 지금에 와서야 아주 단순한 생각이지만 경찰은 전혀 생각해 낼 수 없었지. 마치 덧창의 폭을 생각해보지 않았듯 못이 부러졌으니 창문이 열릴 수 있으리라는 생각은 전혀 못했기 때문이겠지.

이 모든 사실 외에도, 방 안이 난장판이었다는 사실을 덧붙여 생각했다면 자네는 간담이 서늘해질 정도의 날쌘 동작, 초인적인 힘, 야수 같은 잔인성, 동기 없는 살인, 도저히 인간의 짓이라고는 볼 수 없는 무시무시한 참상, 여러 나라 사람들이 한 마디도 알아들을 수 없었던 목소리 들을 서로 연관지어서 생각할 수 있었을 걸세. 자, 어떤 결론이 나오는가? 내 말을 듣고 어떤 상상이 떠오르는가?"

뒤팽의 질문을 듣고 나는 온몸에 소름이 돋는 것 같았다.

"미친놈이야!" 내가 대답했다. "근처 정신병원에서 빠져나온 놈이 미친 짓을 저지른 거야."

그러자 그가 대답했다.

"몇 가지 점에서는 자네 생각이 터무니없지도 않아. 하지만 아무리 심한 발작에 빠졌더라도 미친놈이 내는 목소리는 계단에서 들려왔던 목소리와는 부합되지 않아. 아무리 미친놈이라도 국적은 있을 것이고, 아무리 횡설수설을 하더라도 몇 가지 음절은 정확하게 발음할 수 있는 법이라네. 게다가 지금 내가 손에 쥐고 있는 것은 절대로 미친놈의 머리카락이 아니야. 레스파네 부인이 손에 움켜쥐고 있던 것을 뽑아낸 것이라네. 자네, 이게 뭐 같은가?"

"뒤팽!" 나는 기겁해서 소리쳤다. "이건 정말 이상하군! 이건 사람의 머리카락이 아니잖아!"

"내가 언제 그렇다고 주장했나? 암튼 이게 뭔지 결정 내리기 전에 내가 이 종이에 스케치한 그림을 한 번 봐주게. '레스파네 양의 목에 검푸른 타박상과 깊이 들어간 손톱자국이 있었다.'는 증언과 뒤마 씨와 에티엔느 씨가 행한 또 다른 증언, 즉 '손가락 자국이 분명한 몇 개의 검푸른 반점이 있었다.'는 증언에 의거해서 내가 그려본 걸세."

내 친구는 앞에 놓인 책상 위에 종이를 펼쳐놓으면서 말을 이었다.

"자, 보게나. 얼마나 단단히 꽉 쥐고 있었는지 알 수 있을 걸세. 조금이라도 느슨했던 흔적이 없어. 손가락 하나하나가 처음의 그 무시무시한 힘으로 피해자가 죽어버릴 때까지 꽉 쥐고 있었던 거야. 자, 이번에는 자네 손가락을 이 스케치의 손가락에 맞춰서 짚어보게."

그의 말대로 해보았지만 허사였다.

"지금 우리는 제대로 실험을 하고 있는 게 아닐 거야." 그가 말했다. "종이는 이렇게 평평하게 펼쳐져 있지 않나. 하지만 인간의 목은 원통 모양이지. 여기 나무 몽둥이가 있네. 둘레가 사람의 목 정도가 되지. 이 종이로 그걸 싼 다음 다시 한번 시도해보게나."

나는 그가 시키는 대로 했다. 하지만 전보다 더 어려웠다.

"이건." 내가 말했다. "사람 손자국이 아니로군."

"자, 그렇다면 이걸 읽어보게. 퀴비에(19세기 초 프랑스 박물학자이자 고생물학자. 비교해부학의 창시자)의 글에서 뽑은 것일세."

그가 보여준 글은 동인도제도에 살고 있는 오랑우탄에 대한 해부학적이고 전반적인 설명이었다. 이 포유동물의 거대한 체구와 어마어마한 힘과 활동력, 야생의 잔혹성, 흉내를 잘 내는 성격은 누구나 잘 알고 있는 사실이었다. 나는 이 살인 사건의 전모를 단번에 이해할 수 있었다.

나는 읽기를 마치자 그에게 말했다.

"손가락에 대한 설명이 자네 그림과 꼭 들어맞는군. 이 책에 나와 있는 동물들 중에 오랑우탄이 아니고는 자네가 스케치한 것과 같은 손자국을 낼 수 있는 동물은 없군. 자네가 보여준 암갈색 털 역시 퀴비에가 설명한 야수의 특성과 그대로 들어맞는군. 하지만 이 무시무시한 사건에서 아직 도저히 이해가 되지 않는 부분이 있네. 사람들 증언에 의하면 분명 다툼 소리가 있었다고 했네. 즉 두 목소리를 들었다고 했어. 그리고 그 중 한 목소리는 분명 프랑스인의 목소리라고들 증언했어."

"맞아. 자네도 기억하겠지만 그 목소리는 프랑스어로 '오, 맙소사!'라고 외쳤다고 이구동성으로 증언하고 있어. 그리고 제과점 주인인 몬타니는 타이르고 야단치는 목소리였다고 정확하게 증언하고 있다네. 나는 타이르고 야단치는 목소리였다는 그 두 단어에서 이 사건의 전모를 파악할 수 있다는 희망을 갖게 되었네. 어떤 프랑스인이 이 살인 사건을 알고 있었네. 그가 이 유혈극에 동참하지 않았으리라는 건 거의 확실해. 아마 오랑우탄이 그 사람에게서 도망친 것일지도 모르지. 그가 그 방까지 오랑우탄을 뒤쫓아 왔을 거야. 하지만 그 다음에 벌어진 끔찍한 일 때문에 놈을 다시 붙잡지 못했을 걸세. 놈은 아직 잡히지 않았지.

자, 이제 이런 식의 추측은 그만 하려네. 그게 추측 이상의 것이라고 말할 권리가 내게는 없으니까. 그런 추측을 낳게 한 내 성찰들에 아직 모호한 부분들이 남아 있어 나의 지성이 받아들일 만한 깊이를 지니고 있지 못해서라네. 또한 아직은 그 추측을 남들이 완전히 납득할 만큼 명료하게 설명할 수 있다고 주장하지는 않으려네. 그러니 그것들을 추측이라고 부르고, 그런 식으로 취급하도록 하세.

만일 문제의 그 프랑스인이 내 짐작대로 이 흉악한 사건에 대해 죄가 없다면 내가 지난 밤 집으로 돌아오면서 「르몽드」지 (해운업에 관한 기사를 주로 다루기 때문에 선원들이 대개 다 구독하는 신문이지) 에 맡긴 이 광고를 보고 우리 집으로 찾아올 걸세."

그가 내게 신문을 건네주었고 나는 다음과 같은 광고를 읽을 수 있었다.

포획 - 오늘 아침(살인이 벌어진 날 아침) 불로뉴 숲에서 보

르네오산 암갈색 오랑우탄 한 마리를 생포했음. 그 주인

*(몰타 섬 선박 소속 선원임이 분명함)*이 자신이 이 동물의 주인임

을 입증하고 이 동물의 포획과 보관에 들어간 비용을 지불

할 시 다시 찾아갈 수 있음. 생제르맹 교외 XX가 XX번지

로 3시까지 찾아오기 바람.

광고를 읽고 내가 뒤팽에게 물었다.

"아니, 그 프랑스인이 선원이고 그가 몰타 섬 선박 소속이라

는 사실을 어떻게 알았단 말인가?"

"나도 모르네." 뒤팽이 대답했다. "확신할 수도 없어. 하지만

여기 작은 리본 조각이 있네. 그 모양이나 기름때에 절어 있는

것으로 보아 선원들이 매우 즐겨 기르는 긴 변발을 묶는 데 쓰

이는 게 틀림없어. 게다가 선원이 아니라면 이런 식으로 매듭

을 지을 줄 아는 사람은 거의 없어. 또 이 매듭은 몰타 섬 사람

들만의 특이한 매듭이야. 피뢰침 장대 밑에서 주운 거라네. 죽

은 사람들의 리본일 리는 없어. 어쨌든 내 추리가 틀려서 그 프

랑스인이 몰타 섬 선박의 선원이 아니라 하더라도 내가 그런

광고를 냈다고 해서 그 누구에겐가 해를 끼치는 건 아니잖은

가. 내가 잘못 알았다 하더라도 단지 내가 무슨 사정으로 착오

를 일으켰을 뿐이라고 생각하고 꼬치꼬치 캐묻지는 않을 걸세. 하지만 만일 내 추리가 옳다면 얻는 게 많지.

물론 이 프랑스 사람은 광고에 응하기를, 다시 말해 오랑우탄을 돌려받기를 주저할 걸세. 자기는 이 살인에 대해 결백하지만, 동시에 이 살인에 대해 알고 있다는 사실 때문에 말일세. 그는 이렇게 생각할 걸세.

'나는 죄가 없다. 나는 가난하다. 오랑우탄은 굉장히 값이 나가는 놈이다. 나 같은 놈에게는 톡톡히 한 밑천이 된다. 좀 위험하다는 쓸데없는 걱정 때문에 놈을 잃어야 한단 말인가? 이제 다시 내 수중에 들어왔는데……. 놈은 불로뉴 숲에서 잡혔다. 살인이 벌어진 집과는 멀리 떨어진 곳 아닌가? 그놈이 그런 짓을 저질렀다고 어떻게 의심할 수 있단 말인가? 경찰은 오리무중을 헤매고 있다. 자그마한 단서조차 잡지 못하고 있다. 설사 그들이 그놈의 뒤를 추적했다 할지라도 내가 그 살인에 대해 알고 있다는 것을 증명할 수는 없다. 혹은 내가 알고 있다고 해서 나를 유죄로 얽어매지는 못할 것이다. 무엇보다 내가 누구인지 이미 알려졌다. 광고를 낸 사람은 그 짐승의 주인으로 나를 지목했다. 그가 어디까지 알고 있는지 나는 모른다. 만일 내 소유라는 것이 이미 알려진, 그 엄청난 값이 나가는 놈을 내가 포기한다면 최소한 동물에게 그 혐의를 씌우는 꼴이 될 것이다. 나에 대해서건 짐승에 대해서건 사람들이 주목하게 만드는 것은 바보 같은 짓이다. 광고에 응하자. 오랑우탄을 받아내서 이 사건이 잠잠해질 때까지 감춰두자'라고."

바로 그 순간 계단을 올라오는 발소리가 들렸다. 그러자 뒤팽이 내게 말했다.

"자, 권총을 준비하게. 하지만 내 신호가 있기 전까지는 사용하지 말고 보이지도 말게."

집 현관문을 열어놓았기에 방문객은 벨을 울리지 않고 계단을 곧장 올라왔다. 하지만 그는 여기까지 와서도 망설이는 것 같았다. 다시 계단을 내려가는 발소리가 들렸다. 뒤팽이 재빨리 문께로 다가갔다. 그런데 다시 계단을 올라오는 소리가 들렸다. 이번에는 발걸음을 되돌리지 않고 결심한 듯 걸어 올라오더니 방문을 두드렸다.

"들어오시지요." 뒤팽이 쾌활하고 원기 있는 목소리로 말했다.

한 사내가 들어섰다. 영락없는 선원이었다. 키가 멀쑥했으며 건장한 근육질의 사내였다. 우락부락해 보이긴 했지만 그다지 불쾌해 보이지는 않는 용모였다. 잔뜩 햇볕에 그을린 얼굴의 절반 정도를 구레나룻과 콧수염이 덮고 있었다. 손에는 참나무 몽둥이를 하나 들고 있었지만 다른 무기는 없는 것 같았다. 그는 어색하게 고개를 숙이며 프랑스어 억양으로 우리에게 인사했다. 시골 사투리가 섞여 있었지만 본래는 파리 태생임을 보여주는 억양이었다.

"앉으시지요, 손님." 뒤팽이 말했다. "오랑우탄 때문에 오셨지요? 정말이지 그런 놈을 갖고 계시다니 부럽습니다. 정말 좋은 놈이더군요. 값도 상당하겠지요. 몇 살이나 된 놈입니까?"

선원은 마치 무거운 짐이라도 벗어놓은 듯 숨을 깊이 들이쉬더니 마음이 놓인다는 듯 말했다.

"저도 정확히는 모르겠지만, 아마 네댓 살은 넘지 않았을 겁니다. 지금 이곳에 데리고 계신가요?"

"아뇨, 여기는 둘 곳이 마땅치 않습니다. 바로 옆 뒤부르 가에 있는 말 보관소에 있습니다. 내일 아침에 찾을 수 있을 겁니다. 당신이 주인이라는 것을 증명할 준비는 해왔겠지요?"

"물론입니다."

"놈과 헤어지려니 섭섭하군요." 뒤팽이 말했다.

"선생님, 이렇게 수고하셨는데 아무런 보답도 않고 데려가지는 않겠습니다." 그 사내가 말했다. "저는 찾으리라고는 생각도 못했습니다. 그놈을 찾아주신 데 대한 보답을 해드려야지요. 말하자면 합당한 만큼 말씀입니다."

"좋습니다." 내 친구가 대답했다. "정말 좋은 말씀입니다. 가만 있자! 어떻게 한다? 그래, 이게 좋겠다. 보수는 이렇게 해주시지요. 당신이 알고 있는 모든 정보를 제게 말씀해주시지요. 모르그가의 살인 사건에 대해서 말입니다."

뒤팽은 이 마지막 단어 몇 마디를 아주 낮은 목소리로 조용히 말했다. 이어서 그는 조용히 문 앞으로 걸어가더니 문을 잠그고는 열쇠를 호주머니에 넣었다. 다음으로 그는 품속에서 권총을 꺼내서 아주 침착하게 탁자 위에 놓았다.

선원은 숨이라도 막히는 듯 얼굴이 시뻘겋게 달아올랐다. 그는 펄쩍 뛰면서 몽둥이를 거머쥐었다. 하지만 다음 순간 그는 제 자리에 털썩 주저앉더니 사색이 되어 몸을 부들부들 떨었다. 그는 한 마디 말도 없었다. 나는 진심으로 그가 불쌍했다.

"자, 이보세요." 뒤팽이 상냥하게 말했다. "당신 공연히 놀라고 있군요. 정말입니다. 당신에게 해를 입힐 생각은 추호도 없어요. 신사로서의, 또 프랑스인으로서의 명예를 걸고 결코 당신에게 해를 끼치지 않겠다고 맹세합니다. 나는 모르그 가에서 벌어진 흉포한 사건에 대해 당신이 무고하다는 걸 잘 알고 있소. 하지만 당신이 어떤 식으로건 그와 연관이 있다는 것은 부인하면 안 되겠지요. 내가 이미 말해준 것만으로도 당신은 내게 이 사건에 대해 정보를 얻는 방법이 있다는 것을, 그것도 당신이 꿈도 꾸지 못할 방법이 있다는 것을 알았을 거요. 자, 상황은 이렇소. 모든 일이 당신에게는 불가피한 일이었소. 당신은 벌 받을 만한 일을 한 게 아무것도 없소. 당신은 감쪽같이 도둑질을 할 수도 있었는데, 그러지 않았소. 감출 것은 아무것도 없소. 감출 이유가 도무지 없단 말이오. 또한 한편으로는 당신은 당신의 명예를 걸고 당신이 알고 있는 모든 것을 말할 의무가 있소. 죄 없는 사람이 누명을 쓰고 갇혀 있단 말이오. 바로 당신이 그 죄를 저지른 자를 지목할 수 있는데도 말이오."

뒤팽이 그 말을 하는 동안 선원은 겨우 제정신을 수습할 수 있었다. 하지만 애초에 보이던 대담함은 완전히 사라지고 없었다.

"맹세코." 그가 잠시 가만히 있다가 입을 열었다. "이 사건에 대해 제가 알고 있는 사실을 모두 말씀드리겠습니다. 하지만 제 말씀의 절반이라도 믿으시길 기대하지 않습니다. 그렇다면 저는 정말 멍청이입지요. 어쨌든 저는 죄가 없습니다. 죽는 한이 있더라도 모든 걸 다 털어놓겠습니다."

그가 한 말은 대체로 이러했다.

그는 최근 동인도제도로 항해했다. 그가 속한 일행은 보르네

오에 상륙해서 내륙 깊숙한 곳으로 산책을 떠났다. 그와 그의 동료 한 명이 오랑우탄을 한 마리 잡았다. 그 친구가 죽자 그 오랑우탄은 그의 소유가 되었다. 사납게 날뛰는 놈을 배에 싣고 고생고생 끝에 파리까지 데려올 수 있었다. 그는 이웃사람들의 달갑지 않는 눈길을 피해서 놈을 격리해 두었다. 놈이 배 안에서 난동을 피우다 날카로운 물건에 찔려 입은 발의 상처가 아물 때까지 기다렸다가 팔아치울 작정이었다.

살인이 있던 날 밤, 아니 그날 새벽에 동료 선원들과 진탕 놀다 집으로 돌아와 보니 놈이 단단히 가둬 놓았다고 생각했던 옆 골방에서 뛰쳐나와 자신의 침실을 차지하고 있는 것이 아닌가. 놈은 손에 면도칼을 쥔 채 얼굴에 비누거품을 한 채 거울 앞에서 면도하는 흉내를 내고 있었다. 전에 골방 열쇠 구멍을 통해 선원이 면도하는 모습을 지켜보았던 게 틀림없었다.

그토록 사나운 짐승의 손에 그토록 무서운 무기가 들려진 채 그것을 능숙하게 사용하는 모습을 보고 선원은 간담이 서늘해져서 한동안 어찌할 바를 몰랐다. 그는 그 짐승이 성이 나 있을 때도 채찍으로 다스려온 바가 있었기에 이번에도 그 방법을 쓰려 했다. 그 모습을 보고 오랑우탄은 후다닥 방을 뛰쳐나가더니 계단을 내려가서 마침 열려 있던 창문을 통해 거리로 달아

나버렸다.

선원은 자포자기의 심정으로 짐승을 뒤쫓았다. 오랑우탄은 여전히 손에 면도칼을 쥔 채로 간간이 멈춰 서서 뒤를 돌아다보았다. 놈은 추적자가 자신에게 거의 다 다가올 때까지 손짓을 하다가는 선원이 다가오면 다시 후다닥 도망쳤다. 이런 식으로 추적이 한동안 계속되었다. 새벽 3시였기에 거리는 쥐죽은 듯 고요했다. 모르그가의 뒤편 골목을 지나갈 때 레스파네 부인의 집 4층 방에서 열려 있는 창문을 통해 새어나오는 빛이 놈의 시선을 사로잡았다. 놈은 그 집을 향해 달려가더니 피뢰침 장대를 보고 눈 깜짝할 사이에 기어 올라갔다. 이어서 놈은 활짝 열려진 덧창문을 움켜잡고서 몸을 날려 직통으로 침대 머리맡으로 뛰어들었다. 놈이 이런 재주를 피우는 데는 단 1분도 걸리지 않았다. 덧창은 오랑우탄이 방으로 뛰어들면서 걷어차는 바람에 다시 활짝 열렸다.

그 모습을 보고 선원은 기쁘기도 하고 당황스럽기도 했다. 놈을 이제 붙잡을 수 있으리라는 희망이 생긴 것이다. 놈은 이제 피뢰침 장대가 아니면 내려올 길이 없는 올가미에 걸린 셈이며 놈이 그리로 내려올 때 잡을 수 있게 된 것이다. 하지만 놈이 그 집 안에서 무슨 일을 저지를지 걱정이 태산이었다. 그

걱정 때문에 선원은 놈을 뒤쫓지 않을 수 없었다. 선원은 피뢰침 장대 정도는 쉽게 오를 수 있는 법이다. 그런데 그가 창 높이까지 이르렀을 때 창문은 왼쪽으로 멀리 떨어져 있기에 더이상 어찌할 도리가 없었다. 그가 할 수 있는 일이라야 몸을 쭉펴서 방 안을 엿보는 일뿐이었다.

방 안을 흘낏 보는 순간 그는 공포에 질려 피뢰침 장대에서떨어질 뻔했다. 소름끼치는 비명 소리가 한밤의 정적을 깨뜨리며 모르그가의 사람들을 깜짝 놀라 잠에서 깨어나게 만든 것은바로 그 순간이었다. 레스파네 모녀는 잠옷을 입은 채 이미 언급한 바 있는 금고를 방 한가운데 갖다 놓고 서류들을 정리하고있던 모양이었다. 금고는 열려 있었고 내용물들은 방바닥에 널려 있었다. 피해자들은 창문 쪽에 등을 돌리고 앉아 있던 것이틀림없었다. 짐승이 침입하고 비명 소리가 들릴 때까지의 시간경과로 보아 금세 알아차리지는 못했던 것 같았다. 덧창문이 활짝 열린 것은 아마 바람 때문이겠지, 라고 생각했을 것이다.

선원이 안을 들여다보니 거대한 짐승이 레스파네 부인의 머리를 움켜잡은 채(머리를 빗고 있었는지 풀려 있었다) 마치 이발사가 하는 짓을 흉내 내듯 면도칼을 그녀 얼굴에 휘두르고 있었다. 딸은 방바닥에 엎어진 채 꼼짝도 하지 않았다. 기절한 것 같았다.

노부인이 비명을 지르며 몸부림치는 바람에(그때 머리카락이 뽑혀 나갔다) 오랑우탄의 악의 없던 마음이 격노로 바뀌었다. 놈이 무쇠 같은 팔을 획 한 번 휘두르자 그녀의 머리가 몸뚱이에서 거의 잘려 나갔다. 피를 보자 그놈의 분노는 광란으로 불붙었다. 놈은 이빨을 갈면서 두 눈에 불을 켜고 처녀의 몸으로 달려들었다. 그러고는 무서운 발톱을 그녀의 목에 박아 넣고 숨이 끊어질 때까지 조였다.

바로 그 순간 두리번거리던 놈의 난폭한 시선이 침대 머리맡으로 향했고, 겁에 질려 얼어붙은 주인의 얼굴을 그 위에서 알아보았다. 아직 채찍질의 아픔을 기억하고 있던 놈의 분노가 공포로 변했다. 놈은 벌 받을 짓을 했다는 생각에서인지, 혹은 피비린내 나는 짓을 감추고 싶어서인지 고통스러운 흥분상태에서 방 안에서 마구 날뛰었다. 놈은 뛰어다니면서 가구를 내던져 박살을 냈으며 침대에서 침구를 끌어내렸다. 그런 후 놈은 딸의 시체를 움켜잡더니 우리가 발견했던 모양으로 굴뚝에 거꾸로 처박았다. 그러고는 노부인의 시신을 창문을 통해 밖으로 던지려고 창문 쪽으로 왔다.

오랑우탄이 머리가 달랑달랑하는 시체를 들고 창가로 다가오자 선원은 혼비백산해서 피뢰침 장대에 몸을 움츠리고는 타고 내려갔다기보다는 차라리 미끄러져서 바닥에 내려온 후 집으로 줄행랑을 쳤다. 그 살육의 결과가 너무 끔찍해서 공포에 사로잡힌 채 오랑우탄의 운명에 대한 걱정 따위는 깨끗이 내던져 버린 것이다. 일행이 층계에서 들은 소리는 프랑스인이 공포와 경악에 사로잡혀 내뱉은 소리와 야수가 미친 듯 캑캑거리던 소리가 뒤섞인 것이었다.

이제 더 이상 해줄 말이 없다. 오랑우탄은 사람들이 방문을 부수고 들어가기 전에 피뢰침 장대를 타고 도망간 것이 틀림없다. 놈은 창문을 통해 나오면서 분명 문을 닫았을 것이다.

놈은 뒤에 주인 손에 붙잡혔고 선원은 큰돈을 받고 놈을 식물원에 팔아넘겼다. 우리가 경찰국장실로 찾아가 뒤팽의 설명을 곁들여 상황을 이야기하자 범인으로 알고 잡혀 있던 르봉은 곧장 풀려났다. 경찰국장은 내 친구에게 호의를 보이긴 했지만 사건이 이런 식으로 해결된 데 대해 분함을 감추지 못했다. 그는 누구에게든 자기가 알아서 할 일이 따로 있는 법이라고 한두 마디 빈정거렸던 것이다.

"내버려두게나." 경찰국장의 말에 대꾸할 필요도 없다고 생각한 뒤팽이 경찰국을 나서며 내게 말했다. "그냥 지껄이게 놔둬. 그래야 마음이 편할 거야. 그의 아성(牙城)에서 그를 거꾸러

뜨린 것만으로도 만족이야. 어쨌건 그가 이 사건 해결에 실패한 것은 그가 생각하듯 놀라운 일이 아니야. 사실 경찰국장은 너무 약삭빨라서 깊이가 없거든. 그의 지혜에는 꽃대 속의 수술 같은 게 없어. 라베나 여신의 그림들처럼 머리만 있지 몸뚱이가 없어. 기껏해야 대구처럼 머리에 어깨뿐이지. 하지만 어쨌든 그도 괜찮은 사람이야. 특히 한 마디 톡 쏘아대는 게 마음에 들어. 그 사람은 그걸로 창의적이라는 평판을 듣고 있지. 그가 쓰는 방법이란 '존재하는 것을 부정하고 존재하지 않는 것을 설명하는 것(루소의 『누벨 엘로이즈』에 나오는 말)'과 같아."

The Black Cat

검은 고양이

검은 고양이

내가 지금부터 쓰려는 대단히 끔찍하면서도 아주 솔직한 이야기를 사람들이 믿어주기를 기대하거나 믿어 달라고 간청하지도 않는다. 나 자신도 온전한 정신으로는 믿을 수 없는 이야기를 남들이 믿어주기를 기대한다면 그것은 미친 짓일 것이다. 하지만 나는 미치지도 않았고 꿈을 꾸고 있는 것도 아니다. 그러나 내일이면 나는 죽을 것이고, 나는 오늘 내 영혼의 짐을 벗어버리려 한다. 지금의 내 목적은 일련의 단순한 가정(家庭) 사건을 분명하고 간결하게, 아무런 설명도 붙이지 않고 세상 사람들 앞에 공개하는 것이다. 이 사건은 나를 공포에 질리게 했고 나를 괴롭혔으며 나를 파멸시켰다. 하지만 나는 이 사건에 대해 상술하지는 않으련다. 나에게 이 사건은 오로지 공포만을 안겼을 뿐이지만 다른 이들에게는 공포스럽다기보다는 기괴하게 여겨질 것이다. 이후 아마도 어떤 지성이 나타나서 나의 공상을 흔해 빠진 일이라고 말하게 될지도 모를 일이며, 나보다 더욱 평온하고 논리적이며 차분한 지성이 나타나서 내가 두려운 마음으로 상술하고 있는 상황에 대해서 아주 평범한 일련의 자연적인 인과관계일 뿐이라고 말하게 될지도 모른다.

어릴 적부터 나는 성질이 온순하고 인정이 많은 사람으로 정평이 나 있었다. 너무나 정이 많아서 친구들의 놀림감이 될 정도였다. 나는 특히 동물들을 좋아해서 부모님은 갖가지 애완동물들을 내게 구해주셨다. 나는 대부분의 시간을 동물들과 함께 보냈고 동물들에게 먹이를 주고 돌볼 때가 가장 행복했다. 나의 이 별난 성격은 내가 성장하면서 함께 커졌고 어른이 되어서도 그것이 나의 주된 즐거움의 원천이 되었다. 충실하고 영리한 개를 깊이 사랑해본 사람에게는 거기서 어떤 종류의 만족감이 얼마나 깊이 우러나올 수 있는지 굳이 설명이 필요하지 않을 것이다. 짐승들의 비이기적이고 자기희생적인 사랑 속에는, 살아오면서 오직 인간의 하찮은 우정과 천박한 신의만을 시험해볼 기회를 자주 가져본 사람의 심금을 곧바로 울려주는 그 무엇인가가 있다.

나는 일찍 결혼했다. 그리고 내 아내에게서 내 기질과 어울리는 기질을 발견할 수 있어서 행복했다. 아내는 내가 애완동물들을 좋아한다는 것을 알고 기회가 날 때마다 마음에 드는 것들을 사들였다. 우리는 새, 금붕어, 개, 토끼들, 꼬마 원숭이 그리고 고양이를 길렀다.

그 중에서도 고양이는 매우 몸집이 크고 예쁜 데다 몸이 온통 새까맣고 놀랄 만큼 영리했다. 내가 그놈이 영리하다고 말하면 어느 정도 미신에 물들어 있던 아내는 고양이가 변장한 마녀로 여겨졌다는 옛 사람들의 말을 자주 암시하곤 했다. 물론 아내가 진심으로 그렇게 믿고 말한 것은 아니었다. 다만 지금 문득 그때 일이 생각나서 이야기했을 뿐이다.

플루토(로마 신화에 나오는 지옥을 지키는 신)―그 고양이의 이름이었다―는 내가 제일 좋아하는 애완동물이었으며 놀이 친구였다. 내가 도맡아 키웠더니 집 안에서 내가 가는 곳마다 졸졸 따라다녔다. 심지어 거리까지 따라나서는 것을 막으려면 여간 힘이 드는 노릇이 아니었다.

우리의 우정은 그런 식으로 수년 간 지속되었다. 그런데 그 사이 내 기질과 성격이 음주벽 때문에(정말 고백하기 낯 뜨거운 노릇이지만) 나쁜 방향으로 완전히 변해 버렸다. 나는 날이 갈수록 변덕스러워졌으며 화를 잘 내게 되었고, 다른 사람들의 기분 따위는 아랑곳 하지 않게 되었다. 나는 아내에게 욕설을 퍼붓고 급기야는 손찌검까지 하게 되었다. 물론 내 애완동물들도 내 성격이 변한 것을 알게 되었다. 나는 애완동물들을 등한시했을 뿐 아니라 학대까지 했다. 하지만 내가 좋다고 무심코 가까이 오는 토끼나 개나 원숭이들은 괴롭히면서도 플루토에게만은 학대를 삼갈 만한 자제력은 아직 지니고 있었다. 그러나 내 병은 점점 더 깊어졌다. 알코올 중독 같은 병이 세상에 어디 또 있을 수 있을 것인가! 결국 늙어가면서 점점 더 앙탈이 늘어간 플루토마저도 내 못된 성질의 영향을 받기 시작했다.

어느 날 밤이었다. 거리의 단골집에서 고주망태가 될 정도로 취해서 집으로 돌아오니 고양이가 나를 피하는 것 같다는 생각이 들었다. 나는 놈을 움켜잡았다. 내 횡포에 놀란 놈은 이빨로 내 손에 가벼운 상처를 입혔다. 나는 순간적으로 악마와 같은 분노에 사로잡혔다. 나는 제정신이 아니었다. 나의 본래 영혼은 온통 내 몸 밖으로 날아가 버린 것 같았고 술기운에서 비롯된 악마보다 더한 악의가 내 온몸의 섬유 한 가닥 한 가닥을 부들부들 떨리게 만들었다. 나는 조끼주머니에서 주머니칼을 꺼내서 날을 편 후, 그 가련한 짐승의 목덜미를 움켜잡고 눈구멍에서 눈알 하나를 유유히 도려냈다. 이 저주받을 난폭한 짓에 대해 써내려가자니 지금도 얼굴이 붉어지고 화끈거리며 온몸이 떨려온다.

아침이 되어 지난밤의 취기에서 깨어나 정신이 돌아오자 나는 내가 저지른 범죄에 대해 두려움 반, 후회 반의 감정을 맛보았다. 하지만 기껏해야 약하고 모호한 감정이었을 뿐 내 영혼 깊은 곳을 건드리지는 못했다. 나는 또 다시 폭음에 빠져들었고 내 행동에 대한 모든 기억을 술 속에 빠뜨려 버렸다.

그러는 사이 고양이는 차츰 상처가 아물었다. 눈알을 도려낸 눈구멍 때문에 흉측한 꼴이긴 했지만 더 이상 고통에 시달리는 것 같지는 않았다. 그는 전처럼 집 안을 돌아다녔지만 예상했던 대로 내가 가까이 가면 질겁하고 달아났다. 내게는 옛 마음이 남아 있어서 한때 그토록 나를 좋아하던 놈이 나를 대놓고 싫어하는 꼴을 보고 마음이 아팠다. 그러나 이런 마음은 금세 분노로 바뀌고 말았다. 그리고 급기야는 마치 돌이킬 수 없는 마지막 파멸에 이른 것처럼 내 정신이 완전히 뒤틀리고 말았다.

이런 정신 상태에 대해 철학은 아무런 관심도 기울이지 않는다. 하지만 나는 내 영혼이 살아있음을 확신하는 만큼 정신의 뒤틀림이라는 것은 인간 마음의 원초적 충동 중의 하나라는 것, 인간의 성격을 이끄는 불가분의 원초적 기능이요 감정이라는 것 또한 확신한다. 단지 그 짓을 해서는 안 된다는 것을 알고 있다는 이유만으로 수백 번에 걸쳐 사악하고 어리석은 행동을 저지른 경험이 없는 자가 어디 있는가? 인간이란 가장 올바른 판단력을 지니고 있는 순간에도, 단지 그것이 '율법'이라는 것을 알고 있다는 이유만으로 끊임없이 그것을 위반하고 싶어지는 성향을 지니고 있는 것이 아닐까? 그렇다. 이런 뒤틀림이 나의 최후의 파멸을 낳았다. 스스로를 자학하고 자기 자신의 본성에 폭력을 가하려는, 또한 오로지 악 그 자체를 위해 악을 행하려는 이 깊이를 헤아릴 수 없는 영혼의 갈증, 혹은 동경이 이 죄 없는 짐승에게 계속 상해를 입히고 결국에는 갈 데까지 가게 만들었다.

어느 날 아침 나는 냉혹하게 고양이 목에 올가미를 씌워 나뭇가지에 매달았다. 고양이를 매달면서 내 눈에는 눈물이 흘렀으며 가슴은 쓰디쓴 가책에 사로잡혔다. 나는 놈이 나를 사랑했다는 것을 알기에, 또한 놈이 내게 놈을 향해 화를 낼 아무런 구실도 마련해주지 않았다는 사실 때문에 놈을 매달았다. 나는 그 짓을 함으로써 내가 죄를 짓고 있음을, 그것도 가장 자비로 우시면서 가장 엄하신 하느님의 무한한 사랑으로도 어쩔 수 없는 곳으로 내 영혼을 떨어뜨려버릴, 그리하여 내 불멸의 영혼을 위태롭게 할 그런 끔찍한 죄를 저지르고 있다는 것을 느끼고 있었기에 놈을 매달았다.

이 잔인한 행동을 한 날 밤에 나는 불이야! 라는 외침에 잠에서 깨어났다. 내 침대 커튼이 불타고 있었고 집 전체가 불길에 휩싸여 있었다. 아내와 하인과 나는 간신히 불길을 피해 밖으로 나왔다. 집은 전소되었다. 내 전 재산이 날아가 버린 것이며 나는 절망에 빠져버리고 말았다.

나는 이 재앙과 내가 저지른 잔혹한 행동 사이에 인과관계를 내세울 만큼 약한 인간이 아니다. 하지만 사실들의 사슬을 자세히 설명해서, 존재할지도 모르는 연결 고리를 불완전하게 놔두고 싶지 않을 뿐이다.

화재 다음날 나는 불탄 자리로 가보았다. 벽은 한 쪽만 제외하고는 모두 폭삭 주저앉아 버렸다. 그 벽은 집 한가운데 세워진 그다지 두껍지 않은 칸막이벽으로서 내 침대 머리맡과 붙어 있는 벽이었다. 나는 그 벽이 불에 견딘 것은 내가 회칠을 최근에 한 덕분이라고 생각했다.

벽 근처에 사람들이 많이 모여 있었다. 모두들 벽의 어떤 부분을 자세히 살펴보는 것 같았다.

사람들은 "거참 이상하군" "희한해!"라는 단어를 비롯해 비슷한 뜻의 말들을 입 밖에 내고 있었다. 나는 호기심이 동해서 다가갔다. 그리고 하얀 벽 표면에 마치 얕은 부조(浮彫)처럼 거대한 고양이 형상이 나타나 있는 것을 보았다. 너무나 또렷한 모습이라서 괴이할 정도였다. 그 동물의 목에는 올가미가 걸려 있었다.

처음 놈이 다시 나타난 것을 보았을 때—나는 놈이 다시 나타났다고 볼 수밖에 없었다—나는 극도의 의혹과 공포에 사로잡혔다. 그러나 곰곰 생각해본 뒤에 마음이 가라앉았다. 내 기억에 나는 놈을 정원에서 목을 매달았다. 불이 났다는 소리에 정원으로 곧 사람들이 몰려들었고 누군가가 고양이를 풀어서 열린 창문을 통해 방 안으로 던져 넣었음에 틀림없었다. 아마 나를 잠에서 깨우려고 한 행동이리라. 이어서 다른 벽이 무너지면서 새로 회칠한 벽에 나의 잔인함의 제물을 짓눌렀으리라. 그리고 그 벽의 석회와 시체에서 나온 암모니아가 불길 속에서 뒤섞이면서 지금 눈에 보이는 형상을 만들어낸 것이리라.

방금 자세히 설명한 놀라운 사실에 대해 비록 내 양심으로까지는 아니더라도 이성적으로 그렇게 납득을 시켰음에도 불구하고 내 공상(空想)에 깊이 각인된 것 또한 사실이다. 나는 수개월 동안 고양이에 대한 환상에 시달렸다. 그리고 그 기간 동안 나의 마음속에 비록 가책은 아니었지만 그와 비슷한 묘한 감정이 되살아났다. 나는 그 동물을 잃어버린 것을 후회하게까지 되었으며 내가 요즘 뻔질나게 드나드는 그 야비한 장소 근처에서 그놈을 대신할 같은 종류의 비슷한 놈을 찾아 어슬렁거리기까지 했다.

그러던 어느 날 밤이었다. 추하기 이를 데 없는 소굴에 얼큰히 취해서 앉아 있는데 방 안을 가득 채우고 있는 진과 럼 통들 중 하나 위에 무엇인가 시커먼 것이 확 눈에 들어왔다. 벌써 꽤 오랫동안 그 통 위를 바라보고 있었건만 그것을 일찌감치 발견하지 못했다는 사실에 나는 놀랐다. 나는 가까이 다가가서 그것을 손끝으로 건드려보았다. 그것은 검은 고양이였다. 몸집도 플루토만큼 컸으며 딱 한 가지만 빼놓으면 플루토와 꼭 닮아 있었다. 플루토의 몸에는 흰 털이라고는 없었는데 이 고양이의 가슴 전체를 흐릿하고 형체가 불분명한 하얀 반점이 덮고 있었던 것이다.

내가 놈을 건드리자 놈은 당장 일어나더니 가르랑 소리를 크게 내며 내 손에 몸뚱이를 비벼댔다. 내가 아는 척 해주니 좋아하는 것 같았다. 바로 이놈이 내가 찾던 놈이었다. 나는 당장 술집주인에게 고양이를 사겠다고 했다. 하지만 그는 그놈이 누군지도 모르고, 전에 본 적도 없다며 자신은 아무 권리도 없다고 했다.

나는 계속 놈을 쓰다듬어 주었다. 그리고 내가 집으로 돌아갈 채비를 하자 놈은 나를 따라가려는 눈치를 보였다. 나는 하는 대로 내버려두었다. 나는 집으로 가면서도 가끔 몸을 굽혀 놈을 토닥거려 주었다. 집에 가자 놈은 금세 길이 들었고 아내가 제일 좋아하는 애완동물이 되었다.

그런데 얼마 가지 않아 나는 내 속에서 놈이 점점 싫어지는 것을 느끼고 있었다. 내가 예상했던 것과는 전혀 딴 판이었다. 도대체 왜 그런지는 알 수 없었지만 놈이 나를 드러내놓고 좋아한다는 것이 오히려 놈을 싫어하고 질색하게 만들었다. 그리고 시간이 흐름에 따라 그 감정은 극도의 혐오감으로 바뀌었다. 나는 놈을 피했다. 수치심과 이전에 행한 잔인한 짓에 대한 기억 덕분에 나는 놈을 괴롭히지는 않았다. 나는 몇 주 동안 놈을 때린다거나 기타 난폭한 행동은 하지 않았다. 그러나 서서히, 아주 서서히, 놈을 이루 말할 수 없는 혐오감에 젖어 바라보게 되었고 그 꼴보기 싫은 놈의 모습이 보이기라도 하면 페스트 환자를 피하듯 말없이 도망쳐 버렸다.

그 짐승에 대한 나의 혐오감이 커진 것은 그놈을 집으로 데려온 다음 날 아침 녀석이 플루토처럼 한쪽 눈알이 없다는 사실을 발견했기 때문임이 분명했다. 하지만 아내는 그 사실 때문에 오히려 놈을 더욱 귀여워했다. 아내는 내가 이미 말했듯, 나의 특징이기도 했으며 단순하고 순수한 기쁨의 원천이었던 인정미를 담뿍 소유한 사람이었던 것이다.

그런데 이 고양이를 향한 내 혐오감에 반비례해서 놈의 나를 향한 편애는 점점 더 커지는 것 같았다. 독자들에게 이해시키기 어려울 만큼 끈덕지게 놈은 치근치근 내 꽁무니를 따라 다녔다. 내가 어디 앉아 있을 때면 의자 밑에 웅크리고 앉거나 무릎 위로 뛰어 올라와 그 지긋지긋한 애무를 퍼부었다. 내가 일어나서 걸으면 놈은 발 사이에 끼어들어 나를 넘어질 뻔하게 만들거나 길고 날카로운 발톱으로 옷을 붙잡고 가슴까지 기어 올라왔다. 그럴 때마다 한 대 쳐서 놈을 끝장내고 싶은 마음이 굴뚝같았지만 꾹 참았다. 한편으로는 전에 저지른 범죄에 대한 기억 때문이기도 했지만, 실제 이유는, 한 마디로 고백하지만, 그 짐승이 끔찍할 정도로 두려운 때문이었다.

이 두려움은 정확히 육체적 사악함에서 오는 두려움은 아니었다. 하지만 아직도 그 두려움을 어떤 식으로 정의 내려야 할지 모르겠다. 이런 고백을 하자니 부끄럽기 짝이 없지만—그렇다. 이 흉악범의 감방 속에서조차 부끄러울 정도다—이 짐승이 내게 불러일으킨 두려움과 전율이 참으로 어처구니없는 그 어떤 망상으로 인해 더욱 더 커졌던 것이다.

아내는 여러 번에 걸쳐 이 동물이 지니고 있는 하얀 털에 대해 내게 말하곤 했다. 내가 전에 말했던 이 동물과 내가 죽여버린 동물 사이의 유일한 차이점에 대해서 말이다. 독자들은 그 반점이 크기는 하지만 매우 흐릿하고 형체가 불분명했다고 했던 말을 기억하고 있을 것이다. 그런데 그 형체가 차츰차츰, 거의 눈에 띌 정도로—나는 오랫동안 나의 이성을 동원해 환상일 뿐이라고 부정해왔다—모양을 갖추더니 드디어 뚜렷한 윤곽을 드러내게 된 것이다. 그것은 이름만 들어도 소름이 돋는 어떤 물체를 또렷이 보여주고 있었다. 나는 무엇보다도 바로 그것 때문에 놈을 혐오하고 두려워했던 것이며 그럴 용기만 있었다면 놈을 없애고 싶어 했던 것이다. 그것은 끔찍하고 무시무시한 교수대의 형상이었던 것이다! 오, 음산하고 무서운 공포와 범죄의 장치여! 고뇌와 죽음의 형틀이여!

그리하여 나는 인간이라는 이름으로 빠질 수 있는 비참함 너머의 참혹함에 빠지고 말았다. 그 잔인한 짐승이, 그 동료를 내가 업신여겨 죽였다고 해서, 인간인 내게, 저 높으신 하느님의 형상을 본 따 만들어진 내게, 이토록 참기 어려운 고뇌를 마련해 놓았다니! 오오! 이제 밤이건 낮이건 나는 더 이상 안식의 축복을 누리지 못하겠구나! 오오, 낮에는 이 짐승이 나를 한시도 혼자 내버려두지 않는구나! 그리고 밤이면 매번 이루 말할 수 없는 악몽에서 깨어나 '그것'의 뜨거운 입김을 얼굴에서 느끼며 그 육중한 무게가, 도무지 떨쳐버릴 수 없는 그 악몽의 화신의 무게가, 끝없이 내 가슴을 짓누르고 있구나!

이런 고통의 압력을 받아 내 안에 희미하게 남아 있던 선(善)의 흔적은 질식되어 사라졌다. 흉악한 생각, 가장 어둡고 가장 악마 같은 생각만이 나의 유일한 벗이 되었다. 내 침울한 기질은 세상 만물과 모든 사람을 향한 증오로 치달았다. 그리고 이제 거의 제어할 수 없을 정도로 갑자기 자주 터져 나오는 분노, 스스로 모든 것을 포기한 상태에서 터져 나오는 그 분노를 고통 속에 인내하며 고스란히 받아들여야 하는 대상은 바로 나의 아내였다.

어느 날 아내는 우리가 가난에 찌들어 할 수 없이 살게 된 낡은 집의 지하실로 나를 따라 내려가고 있었다. 그런데 고양이가 나를 따라 계단을 내려오다가 하마터면 나를 거꾸로 메어칠 뻔했고 나는 화가 치솟았다. 나는 이제까지 내 손을 만류해오던 유치한 두려움을 잊은 채 도끼를 치켜들고 짐승의 머리를 겨누었다. 마음먹은 대로 내려치기만 했다면 놈에게는 치명적인 일격이 되었을 것이다. 그런데 내 손을 아내가 잡았다. 아내의 방해에 자극을 받은 나는 악마와도 같은 분노에 사로잡혀 내 팔을 잡은 아내의 손을 뿌리치고 도끼를 아내의 머리에 내리치고 말았다. 그녀는 비명 한 번 지르지 못하고 그 자리에 쓰러져 즉사했다.

이 흉측한 살인을 저지른 후 나는 주도면밀하게 시체를 감추는 작업에 착수했다. 낮이건 밤이건 이웃 사람의 눈에 띄지 않고 시체를 밖으로 내간다는 것이 불가능함을 나는 알고 있었다. 머릿속으로 여러 가지 계획이 떠올랐다. 한때는 시체를 조각조각 토막 내어 불살라 버릴까 하는 생각도 했다. 또는 지하실 바닥에 무덤을 파서 묻어버리려는 생각도 했다. 혹은 마치 상품처럼 상자에 넣어 포장을 한 다음 짐꾼을 불러 집밖으로 내가려고도 했다. 마침내 나는 이 모든 방법들보다 훨씬 편리한 방법을 문득 생각해 낼 수 있었다. 중세의 승려들이 희생물들을 벽에 넣고 발라버렸다는 기록에서처럼 지하실 벽에 넣고 발라버리겠다는 생각을 하게 된 것이다.

지하실은 그 목적을 이루는 데 안성맞춤이었다. 벽은 엉성하게 쌓여 있었으며 대충 회벽 칠을 한 데다 공기까지 눅눅해서 아직 마르지 않은 상태였다. 게다가 원래 벽 한쪽이 가짜 굴뚝이나 벽난로 때문에 툭 튀어나온 곳이 있었으나 이미 메워져서 다른 벽과 비슷하게 보였다. 나는 그곳의 벽돌들을 쉽게 들어낸 다음 시체를 그 안에 넣고 벽을 전처럼 복원해놓으면 누가 보더라도 수상한 점을 찾아낼 수 없으리라고 확신했다.

내 계산은 정확했다. 나는 쇠 지렛대를 이용해서 벽돌을 쉽게 허문 다음 벽 안쪽에 조심스럽게 시체를 세워놓고 별로 힘 들이지 않고 전과 똑같이 벽을 다시 쌓아 올렸다. 이어서 나는 모르타르와 모래와 털을 가져온 다음 아주 세심한 주의를 기울여 전의 것과 구별할 수 없는 회반죽을 만들고 아주 조심스럽게 새로 쌓은 벽돌 위에 발랐다.

작업을 마친 후 나는 모든 게 다 잘 되었다며 흡족해 했다. 벽에 손을 댄 흔적이라고는 조금도 보이지 않았다. 바닥에 널린 쓰레기는 깨끗하게 치웠다. 나는 의기양양해서 주변을 돌아보며 중얼거렸다.

"그래, 됐어. 이 정도면 헛수고를 한 건 아니야."

다음에 해야 할 일은 그 엄청난 비극을 초래한 짐승을 찾는 일이었다. 결국 나는 놈을 찾아 죽여버려야겠다고 결심한 것이다. 그때 놈을 만날 수 있었다면 놈의 운명은 의심의 여지도 없이 되었을 것이다. 하지만 그 교활한 짐승은 내가 무섭게 화를 낸 것에 놀라서 이런 상태의 내 앞에 나타나기를 꺼려하는 것 같았다. 그 혐오스런 짐승이 보이지 않게 되자 내 가슴에 일었던 그 깊고 축복받은 안도감을 어떻게 묘사하고 어떻게 상상할 수 있을지 모를 정도였다. 그놈은 밤중에도 모습을 나타내지 않았다. 따라서 최소한 하룻밤만이라도, 그놈이 우리 집에 온 이래 최소한 하룻밤만이라도 아주 평온하게 잠을 이룰 수 있었다. 그렇다! 내 영혼에 살인의 무거운 짐을 진 채로 잠을 잘 수 있었던 것이다!

하루가 지나고 이틀이 흘렀다. 하지만 나를 괴롭히던 놈은 여전히 나타나지 않았다. 나는 다시 한번 자유인으로서 숨을 쉬었다. 그 괴물은 공포에 질려 영원히 내 집에서 떠나버렸다! 그놈을 이제 보지 않아도 된다! 나는 행복의 절정에 달했다. 어둠속에서 저지른 내 범죄도 나를 별로 괴롭히지 않았다. 몇 번 심문을 받았지만 이미 대답이 준비되어 있었다. 수색도 당하긴 했지만 물론 아무것도 발견되지 않았다. 내 앞날의 행복은 굳게 보장되어 있는 것처럼 보였다.

　살인을 저지른 지 나흘째 되는 날 뜻밖에 경찰들이 집으로 와서 집 안을 다시 샅샅이 뒤지기 시작했다. 하지만 시체를 숨겨둔 곳을 절대 찾아낼 수 없을 것이라고 자신하고 있었기에 나는 조금도 당황하지 않았다. 경찰들은 수색하는 동안 자신을 따라다니라고 했다. 그들은 구석구석 빼놓지 않고 뒤졌다. 드디어 그들은 세 번째인가, 네 번째인가 지하실로 내려갔다. 나는 눈 하나 깜짝하지 않았다. 내 가슴은 천진하게 잠을 자고 있는 사람처럼 평온했다. 나는 지하실을 샅샅이 다 걸어 다녔다. 팔짱을 낀 채 나는 태연하게 왔다 갔다 했다. 경찰들은 완전히 납득한 듯 떠날 준비를 했다. 나는 가슴속에 북받치는 기쁨을 참기 어려웠다. 나는 의기양양하게 한마디 말이라도 해서 내가 죄가 없다는 것을 그들에게 확인시키고 싶어 안달이 났다.

　"나리님들." 그들이 막 계단에 발을 올려놓는 순간 마침내 내가 입을 열었다. "나리들의 의심을 풀어드릴 수 있어서 기쁩니다. 모두 건강하시길 바라며, 좀 더 예의를 지켜주시길 바랍니다. 그런데 말입니다, 나리님들, 이 집은, 이 집은 정말 썩 잘 지은 집이란 말입니다. (뭔가 태연하게 말하고 싶다는 미친 듯한 욕망에 나는 내가 무슨 말을 하고 있는지 전혀 의식하지도 못하고 있었다.) 정말 굉장히 잘 지은 집이란 말입니다. 이 벽은 말입니다. 아, 돌아들 가시려고요? 이 벽은 정말 튼튼하게 쌓아 올렸습니다요."

그런데 바로 이 대목에서 나는 허세를 부리겠다는 미친 생각에 손에 들고 있던 지팡이로 나의 사랑하는 아내의 시체가 숨겨져 있는 바로 그 부분을 쾅쾅 두드렸다.

오, 하느님이시여! 저를 보호하사 마왕의 독이빨로부터 구해 주소서! 내 지팡이 소리가 사라지기 무섭게 무덤 안에서 대답이 들렸던 것이니! 처음에는 마치 어린아이 울음소리 같은 것이 간헐적으로 들리는 듯하더니 이어서 갑자기 길고 큰 비명 소리로 바뀌었다. 사람이 내는 것이 아닌 정말로 이상한 소리였으니 반은 공포에 질려 있고 반은 의기양양해서 악을 쓰고 울부짖는 소리였다. 마치 지옥에서 고통의 형벌을 받고 있는 자들의 고통에 찬 비명과 그 형벌을 가하고 있는 악마들의 의기양양한 목소리가 뒤섞여 있는 것 같았다.

순간 내게 무슨 생각이 떠올랐는지 말하는 것은 어리석은 짓이다. 기절하다시피 된 나는 비틀거리며 맞은편 벽에 쓰러졌다. 경찰들은 한순간 극도의 공포와 두려움에 질려 계단 위에 꼼짝 않고 서 있었다. 이어서 건장한 열두 개의 팔이 벽을 허물어 부수고 있었다. 벽이 통째로 무너졌다. 이미 상당히 부패했으며 응혈(凝血)된 시체가 경찰들 눈앞에 꼿꼿하게 서 있었다. 시체 머리 위에는 그 끔찍스런 짐승이 붉은 입술을 쩍 벌린 채 이글거리는 외눈을 빛내며 앉아 있었다. 술책으로 나를 유인해서 살인을 저지르게 한 다음, 고해바치는 소리로 나를 교수대로 이끈 그 짐승이! 나는 그 괴물을 무덤 속에 넣고 벽을 쌓은 것이다.

도둑 맞은 편지

The Purloined Letter

도둑맞은 편지

지혜로운 사람에게, 너무 영리한 것보다 더 밉살스러운
것은 없다.

세네카

18xx년 가을 어느 바람 부는 날 저녁, 막 땅거미가진 후에
나는 파리 생제르맹 교외 근처 뒤노가(街) 33번지 3층에 있는
나의 친구 오귀스트 뒤팽의 작은 서재에서 그와 함께 명상하면
서 파이프 담배를 피우는 이중의 사치를 누리고 있었다. 우리
는 최소한 한 시간 동안 깊은 침묵에 빠져 있었다. 얼핏 보기에
둘 다 방 안 공기를 짓누르고 있는 담배 연기의 소용돌이에 푹
빠져 있는 것처럼 보였을지도 모른다. 하지만 나는 오늘 이른

저녁에 우리들이 나누었던 대화에 대해 머릿속으로 그와 토론을 벌이고 있었다. 그것은 모르그가의 살인 사건에 관한 것과 마리 로제 살해사건에 얽힌 비밀에 관한 것이었다. 그러니, 마침 그때 방문이 열리고 우리의 오랜 친구인 파리 경찰국장 G씨가 들어섰을 때 그 장면은 마치 우연의 일치처럼 여겨졌다.

우리는 매우 반갑게 그를 맞았다. 그에게는 경멸스러운 점이 있었지만 그에 못지않게 유쾌한 면도 있었고, 무엇보다 우리는 벌써 몇 년째 그를 만나보지 못한 때문이었다. 우리는 어둠 속에 앉아 있었기에 뒤팽이 램프 불을 켜려고 몸을 일으켰다. 하지만 그는 G 국장의 말을 듣더니 곧바로 다시 자리에 앉았다. G 국장이 아주 난처한 어떤 공적인 일로 우리들과 의논을 하려고, 아니 그보다는 내 친구의 의견을 듣기 위해서 왔다고 말한 것이다.

G 국장의 말을 들은 뒤팽은 램프 심지에 불을 붙이려다 말고 말했다.

"그 일이 곰곰 생각해볼 필요가 있는 일이라면, 어두운 데서 검토해보는 게 나을 겁니다."

"거 참, 묘한 생각이로군." 국장이 말했다. 그는 자신이 납득할 수 없는 일이면 묘하다고 말하는 버릇이 있었고, 그 결과 온통 '묘한 것들'에 둘러싸여 사는 사람이었다.

"맞아요." 뒤팽이 손님에게 담배를 권하고 편한 의자를 밀어 주며 말했다. "그런데, 난처한 일이라는 게 뭡니까? 또 살인 사건 같은 것은 아니겠지요?"

"아닐세. 그런 게 아니야. 실은 매우 단순하고 우리들 손으로 쉽게 다룰 수 있다고 믿고 있는 사건이야. 하지만 정말 묘한 사건이라서 뒤팽, 자네가 이 사건의 내막을 자세히 듣고 싶어 하리라는 생각에 찾아온 거라네."

"단순하면서도 묘한 사건이라······." 뒤팽이 말했다.

"그래, 맞아. 그런데 꼭 그렇지만은 않단 말씀이야. 실은 사건은 너무 단순해. 그런데 우리에게 헛물만 켜게 만들기 때문에 완전히 난감해 하고 있거든."

"아마 바로 그 단순함 때문에 당신네들이 실수를 하는 것 같군요."

"무슨 뚱딴지같은 소리를 하고 있나!" 국장이 웃음을 터뜨리며 말했다.

"아마 그 미스터리라는 게 너무 쉬워서 풀지 못하고 있을 겁니다." 뒤팽이 말했다.

"맙소사! 세상에 그런 말이 어디 있나?"

"그러니까, 어느 정도 너무 빤할 거란 말이지요."

"하! 하! 하! 하! 하! 하!" 국장은 정말 재미있다는 듯 파안대소했다. "뒤팽, 자네, 정말 나를 웃겨 죽일 작정인가."

"어쨌든 그 문제의 사건이란 게 어떤 겁니까?" 내가 물었다.

"물론 이야기해줘야지." 국장이 생각에 잠겨 연이어 담배를 빨아들이더니 의자에 몸을 묻으며 대답했다. "몇 마디로 간단하게 이야기해주겠네. 하지만 그 전에 자네들에게 당부할 말이 있네. 이 사건은 극비이고, 만일 내가 이 사건을 누설했다는 게 알려지면 분명 내 목이 날아갈 걸세."

"함구할 테니 계속하세요." 내가 말했다.

"아니면 그만 두시든지요." 뒤팽이 말했다.

"자, 이야기해주겠네. 내가 아주 높은 분으로부터, 극히 중요한 서류를 궁정에서 도둑맞았다는 정보를 개인적으로 들었네. 누가 훔쳐갔는지도 알고 있지. 그건 의심의 여지가 없다네. 훔쳐가는 걸 들켰거든. 또한 그 서류가 아직 그의 수중에 있다는 것도 알고 있지."

"그걸 어떻게 알았지요?" 뒤팽이 물었다.

"그 문서의 성격으로 보아 분명하게 추리할 수 있다네. 그 서류가 도둑의 손에서 빠져나왔다면 벌어졌음직한 일들이 일어나지 않고 있기 때문이야. 말하자면 도둑이 그 서류를 애당초 마음먹은 대로 사용하고 있기 때문이란 말일세."

"좀 더 명확히 설명해 주시지요." 내가 말했다.

"좋아, 여기까지만 과감하게 말해주겠네. 그 서류는 그 서류를 지닌 사람이 힘을 지닐 수 있게 해준다네. 그 힘이 엄청나게 큰 위력을 발휘하는 그 어떤 분야에서 말일세."

국장은 외교적 언사를 좋아했다.

"난 아직 잘 모르겠는데요." 뒤팽이 말했다.

"잘 모르겠다고? 그 문서가 이름을 밝힐 수 없는 제3자에게 공개되면 아주 고귀한 신분의 어떤 분의 명예가 크게 훼손된다 이거야. 바로 그 때문에 그 문서를 가진 자는, 명예와 평화가 위태로워진 그 고귀한 분에게 힘을 발휘하게 되는 거지."

그때 내가 끼어들었다.

"그런데 그 지배력이라는 것이, 도둑이 누군인지를 잃어버린 사람이 알고 있다는 사실 때문에 생겼다는 말 아닙니까. 누가 감히……."

"도둑은." 국장이 말했다. "바로 D 장관이라네. 남자로서 할 짓 못할 짓 가리지 않고 마구 저지르는 사람이지. 훔친 방법은 교묘하기도 하고 대담하기도 하다네. 그 문제의 서류는, 실은 편지인데, 그 편지를 도둑맞은 분이 궁궐 내실에 혼자 있을 때 누군가에게서 받은 거라네. 그분이 그 편지를 읽고 있을 때 절대로 그 편지를 보여서는 안 될 또 다른 고귀한 분이 들어서는 바람에 읽기를 중단할 수밖에 없었지. 그리고 급히 서랍에 넣으려다 실패해서 펼쳐진 채로 탁자 위에 놓아둘 수밖에 없었다네. 하지만 받는 이의 주소가 맨 위에 있었고 내용은 보이지 않았기에 주목을 피할 수 있었지. 바로 그때 D 장관이 들어섰네. 그는 즉시 살쾡이 같은 눈으로 그 편지를 흘낏 보고는 주소를 적은 필적을 알아보았지. 그리고 당사자가 당황하고 있는 모습을 보고 그녀의 비밀을 알아차린 거라네. 그는 평소처럼 급히 몇 가지 공무를 끝낸 후 문제의 편지와 비슷한 편지를 꺼내서 펼치더니 잠시 읽는 척 하다가 먼젓번 편지 바로 옆에 놓았다네. 이후 그는 약 15분 동안 공무에 대한 이야기를 했지.

이윽고 떠날 때가 되자 그는 자신에게 아무 권리도 없는 편지를 집어 들었네. 그 편지의 정당한 임자는 그가 하는 짓을 빤히 보고 있었지만 바로 옆에 서 있는 제3의 인물 때문에 차마 아무 행동도 할 수 없었지. 장관은 물러갔다네. 아무 짝에도 쓸모없는 편지를 탁자 위에 둔 채 말일세.”

“그렇다면.” 뒤팽이 내게 말했다. “자네는 이제, 도둑이 누구인지를 잃어버린 사람이 알고 있다는 사실 때문에 도둑에게 지배력이 생겼다는 자네의 말을 정확히 이해할 수 있겠지?"

"맞아." 국장이 대답했다. "그리고 그렇게 얻은 힘을 지난 몇 달간 정치적 목적으로 아주 위험할 지경으로 휘둘러댔다네. 편지를 도둑맞은 분은 매일 그 편지를 되찾아야 할 필요성을 절감하게 되었지. 하지만 터놓고 그럴 수는 없는 노릇이었지. 결국 그분은 절망 끝에 그 일을 내게 맡기게 된 거라네."

"국장님보다 더 기민한 수사관은 바랄 수도 없고 상상할 수도 없으니까요." 뒤팽이 자욱한 담배연기 속에서 말했다.

"너무 추켜세우는군." 국장이 말했다. "하긴 그런 소리를 들을 만한 것도 사실이긴 해."

내가 말을 이었다.

"국장님 말씀대로 그 편지는 아직 장관의 수중에 있는 게 분명하군요. 편지를 이용하는 것이 아니라 그냥 가지고 있는 것이 힘을 부여해주니까요. 그 편지를 사용하는 순간 그 힘은 날아가버리지요."

"사실이야." G 국장이 말했다. "바로 그 신념에 근거해서 나는 수사를 진행했네. 내가 제일 먼저 착수한 건 장관의 저택을 샅샅이 뒤지는 일이었네. 그런데 장관 모르게 수색을 해야 한다는 게 제일 큰 난관이었지. 무엇보다 그가 우리의 의도를 의심함으로써 야기될 수 있을 위험을 경계해야만 했네."

"하지만." 내가 나섰다. "국장님은 이런 식의 조사에는 달인 아닌가요? 파리 경찰국은 전에도 비슷한 일을 한 적이 있잖습니까?"

"물론이지. 내가 그 때문에 실망한 것은 아니라네. 장관의 평소 습관도 수사에는 아주 유리했지. 그는 툭하면 밤에 집에 들어오지 않거든. 그 집 하인도 그다지 많은 편이 아니었네. 그들은 주인의 처소와 멀리 떨어져서 잠을 자는데다 나폴리 사람들이기에 쉽게 술에 취해 곯아떨어진다네. 자네들도 알다시피 나는 파리의 어떤 방이나 캐비닛도 열 수 있는 열쇠를 지니고 있어. 지난 석 달 동안 단 하룻밤도 D 장관의 저택을 수색하느라 고심하지 않은 적이 없었네. 은밀히 하는 소리지만, 명예도 명예려니와 사례금이 어마어마했지. 하지만 포기를 모른 채 줄기차게 수색을 계속한 결과 그가 나보다 훨씬 교활하다는 것을 인정하지 않을 수 없게 되었네. 정말 그 집에서 편지가 있을 만한 곳은 구석구석 안 뒤진 곳이 없었거든."

"하지만." 내가 끼어들었다. "그 편지를 장관이 갖고 있는 게 분명하긴 해도 그걸 자기 집이 아닌 다른 곳에 감춰둘 수도 있는 것 아닌가요?"

"그럴 리 없어." 뒤팽이 말했다. "이 사건이 궁정과 연관되어 있다는 특수한 상황, 또한 D 장관이 연관되어 있는 음모라는 입장에서 볼 때, 이 편지는 언제고 즉각 이용할 수 있는 상태에 있어야만 해. 즉 한순간에 즉각 처리할 수 있어야 한다는 점이 그것을 소유하고 있다는 사실만큼 중요하단 말씀이야."

"즉각 처리할 수 있어야 한다고?" 내가 말했다.

"말하자면 없애버린다는 뜻도 되지." 뒤팽이 말했다.

"그렇군." 내가 알아차리고 말했다. "편지는 분명 장관의 저택에 있겠군. 혹은 장관이 직접 몸에 지니고 다니는지도 모르겠군."

"맞아." 국장이 말했다. "두 번이나 마치 노상강도인 양 길에 잠복해 있다가 샅샅이 몸수색을 해보았네. 내가 직접 지휘를 했지."

"괜한 수고를 하셨군요." 뒤팽이 말했다. "D 장관이 바보가 아닌 이상 당연히 노상에서 수색당하는 일쯤은 예상하고 있었을 겁니다."

"절대로 바보는 아니지." G가 말했다. "하지만 그는 시인이니까, 바보나 오십보백보지."

"그건 그래요." 뒤팽이 뭔가 생각에 잠긴 듯 파이프를 깊게 빨아들이면서 말했다. "하긴 나도 전에 엉터리 같은 시를 끼적여 본 적이 있긴 하지만……."

이번에는 내가 G에게 말했다.

"어떤 식으로 수색을 했는지 자세히 말씀해 보세요."

"정말로 시간을 들여가며 안 찾아본 데 없이 모조리 뒤졌다네. 이런 일에 산전수전 다 겪은 내가 아닌가. 방 하나하나마다 일주일 씩 걸려서 온 집을 다 뒤졌네. 우선 방에 있는 가구들부터 뒤졌지. 서랍이란 서랍은 다 열어 보았네. 자네들도 알다시피 우리처럼 숙달된 수사관에게 비밀 서랍 따위는 있을 수 없지. 비밀 서랍 덕분에 이런 수색을 모면할 수 있다고 생각한다면 그야말로 오산이야. 실은 아주 간단하다네. 모든 서랍에는 일정한 넓이와 용적이 있지. 우리에게는 아주 정확한 자가 있어. 0.01미리도 오차가 없지. 장롱 서랍을 조사한 후에는 의자를 조사했다네. 방석은 내가 늘 갖고 다니며 사용하는 긴 바늘로 찔러보았고, 탁자는 위판을 떼어냈다네."

"탁자는 왜요?" 내가 물었다.

"때로는 탁자 위판을 뜯어내어 물건을 감추는 자들이 있거든. 탁자 다리에 구멍을 내고 물건을 감춘 후 다시 덮는 거지.

침대 다리의 윗부분과 아랫부분이 그런 식으로 이용되기도 한다네."

내가 다시 물었다.

"하지만 두들겨서 소리를 들어보면 구멍을 뚫어놓았는지 아닌지 알 수 있지 않을까요?"

"감추고 싶은 물건을 놓은 다음 주변을 솜뭉치 같은 것으로 채워놓으면 소리가 나지 않으니까 두들겨봐서는 모른다네. 게다가 우리들은 소리 없이 은밀하게 일을 처리해야 하지 않는가?"

"하지만 말씀하신 그런 방법으로 감춘 것을 찾아내기 위해, 모든 가구를 조각내거나 해체할 수는 없는 노릇 아닌가요? 편지를 얇게 도르르 말면 그 모양이나 크기를 뜨개질바늘 정도로 만들 수 있잖아요. 그런 다음 의자의 가로 막대 안에 넣을 수도 있었겠지요. 설마 모든 의자들을 해체하지는 않았겠지요?"

"물론 그럴 순 없지. 하지만 더 좋은 방법이 있다네. 우리는 저택 모든 의자의 가로대들을 조사했지. 게다가 온갖 종류의 가구들의 이음새를 도수 높은 현미경으로 일일이 조사했다네. 최근에 손 댄 흔적이 조금이라도 있으면 즉각 알아낼 수 있었을 걸세. 송곳으로 뚫은 곳에서 나온 티끌하나라도 사과만큼 크게 보일 정도였으니. 아교로 붙인 곳이 조금이라도 이상하던

지, 잇댄 곳에 조금이라도 틈이 있으면 즉각 감지할 수 있었을 거야."

"거울의 판때기와 유리 사이도 보았겠지요? 침대와 침구, 커튼과 카펫도 다 살펴보았겠지요?"

"두말 하면 잔소리지. 그런 식으로 가구들을 이 잡듯 샅샅이 조사한 다음에는 집 자체도 조사했다네. 집의 외면을 여러 구획으로 나눈 다음 하나도 빼놓지 않으려고 일일이 번호를 매겼다네. 그 뿐이 아니라 옆에 인접해 있는 집 두 채까지 현미경을 이용해 샅샅이 조사했다네."

"이웃 집 두 채까지!" 내가 소리를 질렀다. "정말 큰 고역을 치렀군요."

"그렇긴 했어. 하지만 사례금이 어마어마했으니까."

"집 주변 뜰도 조사했나요?"

"뜰에는 포석이 깔려 있었지. 비교적 쉬운 일이었다네. 벽돌 틈 사이에 낀 이끼를 조사했는데 손 댄 흔적이 없었지."

"물론 D 장관의 서류갈피나 서재에 있는 책들 갈피도 살펴보았겠지요?"

"물론이지. 모든 꾸러미들도 다 살펴보았다네. 책은 그냥 흔들어본 정도가 아니라 일일이 한 장 한 장 다 넘겨보았어. 표지도 정밀자로 두께를 재보고 현미경으로도 조사했네. 새로 제본한 흔적이 있었다면 결코 그냥 넘어갈 수 없었을 걸세. 제본소에서 바로 온 책 대여섯 권은 바늘로 일일이 찔러보았지."

"카펫 아래 마룻바닥은요?"

"물론이지. 카펫을 모두 걷어내고 현미경으로 바닥을 조사했다네."

"벽지도요?"

"그럼."

"지하실도 살펴봤습니까?"

"살펴봤다네."

"그렇다면." 내가 말했다. "국장님이 잘못 생각하신 겁니다. 편지는 그 집 안에 없는 겁니다."

"자네 말이 옳을지도 몰라." G가 말했다. "자, 뒤팽 군, 사정이 이러한데, 내게 무슨 충고해줄 말이 없나?"

"집을 한 번 더 샅샅이 뒤져야지요."

"그럴 필요는 절대로 없네." G가 대답했다. "편지가 그 집에 없다는 것은 내가 숨을 쉬고 살아있다는 사실 만큼 확실해."

"그렇다면 더 이상 해드릴 충고가 없습니다." 뒤팽이 말했다. "국장님, 그 편지의 모양새에 대해 정확히 묘사할 수 있겠지요?"

"물론이지."

경찰국장은 수첩을 꺼내더니 잃어버린 편지의 안 모양과 바깥 모양, 그 중에서도 특히 바깥 모양에 대해 적어놓은 내용을 큰 소리로 읽었다. 읽기를 마친 그는 그 신사에게서는 좀처럼 찾아보기 힘든 실망감을 내보이며 돌아갔다.

그로부터 거의 한 달이 지났을 무렵 G 국장이 다시 우리를 찾아왔다. 우리는 전과 똑같은 모양새였다. 그는 파이프를 물고 의자에 앉아 일상적인 이야기를 했다. 마침내 내가 말했다.

"그런데, 국장님, 도둑맞은 편지는 어떻게 됐습니까? 결국 장관을 넘어설 방법이 없다고 포기한 것 아닌가요?"

"망할 양반! 도리 없이 인정할 수밖에. 뒤팽이 말한 대로 다시 조사를 해보았네. 하지만 예상했던 대로 헛물만 켰어."

그때였다. 뒤팽이 갑자기 물었다.

"사례금이 얼마라고 했지요?"

"그야, 대단한 액수지. 아주 푸짐해. 정확히 얼마라고는 말하지 않겠네. 하지만 그 편지를 찾아주는 사람에게는 내가 개인적으로 5만 프랑을 서슴지 않고 내놓겠다는 말은 해주겠네. 사실, 그 편지는 날이 갈수록 중요해졌어. 사례금도 두 배가 되었고. 하지만 세 배가 된다 하더라도 이제 내가 할 수 있는 일은 없는 셈이야."

"아, 그래요?" 뒤팽이 파이프를 느긋하게 빨아대면서 말했다. "나는 국장님이 이 일에 최선을 다했다고 보지는 않는데요. 좀 더 해볼 만한 일이 있지 않을까요?"

"어떻게? 무슨 수로?"

"아니, (뻑뻑) 국장님은, (뻑뻑) 이 일에 대해, (뻑뻑) 충고에 좀 더 귀를 기울였어야 하지 않았을까요? (뻑뻑) 국장님 혹시 애버니디라는 의사에 대한 이야기를 기억하시나요?"

"아니! 무슨 빌어먹을 애버니디인지 하는 이름은 왜?"

"그러시겠지요. 빌어먹을 이름인지는 몰라도 반겨야 할 겁니다. 옛날 어느 인색한 부자(富者)가 이 애버니디에게 무슨 의학적 지식이라도 공짜로 얻어들을 수 있을까 생각했지요. 그 부자는 사사로운 자리에서 일상적인 이야기를 하는 도중에 마치 남의 이야기를 하듯이 이 의사에게 자신의 병에 대한 의학적 지식을 넌지시 물어보기로 작정한 겁니다. 그 구두쇠가 말했습니다.

'우리 생각에 그 사람 증상이 이러이러한 것 같습니다. 그러니, 의사 선생님, 무슨 약을 들라고 하면 될까요?'

그러자 애버니디가 '암, 들어야지! 충고를 들어야 해'라고 말했습니다."

뒤팽의 말이 끝나자 G는 약간 당황한 듯 말했다.

"아, 그래! 나는 충고를 들을 준비가 되어 있다네. 보답할 준비도 되어 있고. 이 사건에 도움을 주는 사람에게는 기꺼이 5만 프랑을 내놓겠다니까."

"그렇다면." 뒤팽은 서랍을 열고 수표책을 꺼내며 말했다. "말씀하신 금액을 이 수표책에 적어 주시지요. 사인을 해주시면 편지를 넘겨 드리지요."

나는 깜짝 놀랐다. 경찰국장도 마치 날벼락을 맞은 것 같은 표정이었다. 몇 분 동안 그는 아무 말도 못한 채 미동도 없이 입을 딱 벌리고 마치 눈알이라도 튀어나올 듯 놀란 표정으로 내 친구를 바라보았다. 이윽고 어느 정도 정신을 가다듬은 그는 펜을 잡고 몇 번인가 반복해서 멀거니 내 친구를 바라보더니 마침내 5만 프랑이라는 액수를 적어 넣고 서명을 했다. 그런 후 그는 탁자 너머로 수표를 뒤팽에게 건네주었다. 뒤팽은 수표를 주의 깊게 살펴보더니 주머니에 넣었다. 이어서 그는 책상 서랍을 열어 편지를 집더니 그것을 국장에게 넘겨주었다. 국장은 너무 기뻐서 어쩔 줄 몰라 하며 편지를 받더니 떨리는 손으로 그것을 펼쳐서 내용을 훑어보았다. 그러고는 이내, 마치 곤두박질이라도 칠 듯 문을 향해 달려갔다. 뒤팽이 수표에 금액을 적으라고 한 뒤부터 한 마디 말도 없었던 그는, 심지어 인사 한 마디 없이 방에서 나가버렸다.

그가 가버린 후 내 친구는 설명을 시작했다.

"파리 경찰들은." 그가 말했다. "그들 나름대로 굉장히 유능해. 끈기가 있고 독창적이며 약삭빠른데다 그들의 직무에 필요한 지식에도 숙달되어 있어. G 국장이 D 장관 저택을 수색한 방법에 대해 자세히 털어놓았을 때 나는 그가 자신의 노력이 미치는 한에서는 아주 만족할 만한 수색을 했다고 확신할 수 있었네."

"그의 노력이 미치는 한에서라고?" 내가 물었다.

"맞아. 그들이 채택한 방법들은 그런 방식에서는 최선이었을 뿐 아니라, 완벽하게 수행해내기도 했어. 편지가 그들의 수색 범위 안에 들어 있었다면 그들은 틀림없이 그 편지를 발견했을 걸세."

나는 그저 웃을 수밖에 없었지만 그는 매우 진지하게 모든 이야기를 하고 있는 것 같았다.

그는 말을 이었다.

"그들이 사용한 방법은 나름대로 좋았고 아주 잘 실행되었지. 그렇다면 어디에 결함이 있었을까? 이 사건과 사람에 적합하지 않은 방법이라는 데 문제가 있었던 거야. 경찰국장이 사용한 일련의 고도로 뛰어난 방법이라는 것은 그에게는 일종의 프로크루스테스의 침대(그리스 신화에 나오는 도둑의 이름. 그는 자신이 잡아온 사람을 자신의 침대에 눕혀 키가 큰 사람은 다리를 잘랐고, 키가 작은 사람은 몸을 늘렸다.)같은 거였어. 실행 계획을 그 방법에 맞췄던 거지.

그는 당면한 사건에 너무 깊이 들어가거나, 아니면 너무 얕은 곳에 머물러 있었기에 끊임없이 실수를 저지를 수밖에 없었어. 그 점에서는 초등학생의 추리 능력이 그보다 훨씬 나아. 홀짝 맞추기 놀이에서 홀수인지 짝수인지 너무 잘 맞춰서 사람들을 놀라게 한 여덟 살짜리 소년 한 명을 내가 알고 있네.

그 놀이는 아주 단순한 공깃돌 따먹기 놀이야. 한 명이 손에 공깃돌들을 여러 개 쥐고 상대방에게 그 수가 짝수인지 홀수인지 묻는 거지. 맞히면 하나 따고 틀리면 하나 잃는 거지. 내가 말한 그 아이는 학교의 공깃돌이란 공깃돌은 모두 따먹어 버렸어. 물론 그 애에게는 손에 감추고 있는 돌을 알아맞히는 원칙이 있었어. 간단해. 상대방이 어느 정도 영리한지 살펴보고 재보는 거였지. 가령 상대방이 형편없는 바보라고 쳐. 상대방이

홀짝을 묻자 홀이라고 대답해서 공깃돌을 잃지. 하지만 다음에
는 반드시 이겨. 그 아이 생각을 이렇다네.

'이 바보가 처음에는 짝수를 쥐고 이겼으니까, 겨우 꾀를 부
린다는 게 다음에는 홀수를 쥐는 걸 거야. 홀수를 불러야지.'

그 아이는 홀수를 부르고 공깃돌을 따게 되지. 그 바보보다
약간 단수가 높은 놈을 만나면 이런 식으로 추리하는 거야.

'이 녀석은 내가 처음에 홀수라고 해서 틀렸으니까 다음 판
에는 먼젓번 바보처럼 짝수를 쥐었던 걸 홀수로 바꿔 쥐겠다는
생각을 우선 할 거야. 하지만 한 번 더 머리를 굴린 다음에 그
건 너무 단순한 변화라고 생각하고 전처럼 짝수를 쥐겠다고 결
정할 게 분명해. 그렇다면 짝을 불러 맞춰야지.'

그 아이는 짝수를 부르고 이겨. 그 아이의 친구들이 '행운'이
라고 말하는 이 아이의 추리 방식을 핵심적으로 줄여 말한다면
어떤 게 될까?"

"그건 추리하는 자의 지능을 상대방에게 맞추는 것이로군."
내가 말했다.

"맞아." 뒤팽이 말했다. "내가 그 초등학생에게 어떻게 자신
을 상대방과 완전히 일치시킬 수 있었느냐고 물었더니 이렇게
대답하더군.

'저는 그 누군가가 얼마나 총명한지, 얼마나 바보인지, 얼마나 착한지, 얼마나 악한지, 혹은 이 순간 그 사람이 무슨 생각을 하고 있는지 알아내고 싶을 때면 가능한 한 정확하게 상대방의 표정과 일치하도록 내 얼굴 표정을 꾸며요. 그러고는 그 표정에 걸맞은 생각이나 감정이 내 마음에 떠오르길 기다려요.'

이 초등학생의 대답은 라로슈푸코(프랑스의 17세기 모랄리스트), 마키아벨리(군주론을 쓴 16세기 이탈리아 정치가), 캄파넬라(이탈리아의 17세기 도미니크회 수도사) 등이 지녔다고 하는 겉보기만 그럴싸한 심오함보다 훨씬 더 근본적이야."

"내가 자네 말을 제대로 이해했다 치더라도." 내가 말했다. "추리하는 사람의 지능을 상대방과 일치시킨다는 것은 상대방의 지능을 어떻게 정확하게 측정할 수 있느냐에 달려 있다고 보는데……."

뒤팽이 대답했다.

"맞아, 그 실질적인 가치는 바로 거기에 달려 있지. 경찰국장과 부하들이 자주 실패를 맛본 것은 첫째는 이 일치화가 전혀 없었기 때문이고, 두 번째로는 그들이 다루고 있는 상대방의 지력을 잘못 측정했거나 아예 측정하지 않았기 때문이야. 그들은 자기네들이 재간이 많다는 생각만 하고 있었어. 그리고 숨긴 물건을 찾는답시고 자기네들이라면 사용했음직한 은닉방법에만 주의를 기울였단 말일세.

물론 옳은 점도 많아. 그들이 자랑하는 재간이라는 것이 일반 대중이 지니고 있는 재간을 대표하는 것이니 말일세. 하지만 어떤 악당의 꾀가 성격상 그들의 재간과 전혀 다르다면 얼마든지 그들을 골탕 먹일 수 있는 게 당연해. 그 꾀가 그들의 재간을 넘어설 때도 벌어지는 일이지만 그만 못할 때도 마찬가지야. 그들은 수사를 하면서 일단 방침을 정하면 절대로 바꾸지 않아. 기껏해야 돌발 사태가 생겼다든가 엄청난 보상금이 걸려 있을 경우에 이전의 방식을 확장하거나 과장할 뿐이지, 원칙에는 손을 대지 않아.

예컨대, 이번 G장관 사건의 경우 행동 원칙이 바뀐 적이 있었나? 파본다든지, 바늘로 찔러본다든지, 소리를 들어본다든지, 현미경으로 들여다본다든지, 집의 표면 전체를 몇 평방인치로 정확하게 나눠본다든지, 이 모든 것들은 결국 인간의 재간에 대한 한 세트의 개념만을 토대로 해서 세워진 원칙, 경찰국장이 오랫동안 직무를 수행하면서 익숙해진 한 가지, 혹은 한 세트의 원칙을 과장해서 적용한 것에 불과하지 않은가? 어떤가? 그는 누구든 편지를 감추려면 꼭 걸상 다리의 나사송곳 구멍은 아니더라도 최소한 그와 비슷한 방식으로 사람 눈에 띄지 않는 구멍이나 구석에 감추었으리라는 것을 아주 당연히 여기고 있지 않은가? 그런 식으로 감출 구석을 찾는 것은 그저 보통 경우에, 그저 평범한 지능을 가진 자가 하는 짓이라는 걸 자네도 알겠지? 아무리 재간을 부려도 그런 짓은 그저 평범한 짓에 불과해. 그런 방법으로 감춘 물건은 쉽게 추측해낼 수 있어. 그 물건을 추적하기 위해서는 예리한 통찰력이 필요하지 않다네. 오로지 찾는 자의 조심성, 인내력과 결단력에 달려 있을 뿐이지. 그리고 중대한 사건이라거나 보상금이 어마어마할 경우 — 경찰의 눈에는 그게 그거겠지만—앞서 말한 특질들이 유감없이 발휘되지.

자네, 내가 무슨 말을 하려는지 이해했겠지. 도둑맞은 편지가 그 어디든 경찰국장의 수사 범위 내에 숨겨져 있었다면, 달리 말해 그 편지를 감춘 원칙이 국장의 수사원칙 안에 포함되어 있었다면 그 편지를 발견하는 일은 문제도 아니었을 걸세. 하지만 경찰국장은 완전히 길을 잘못 들어섰던 거야. 또 한 가지, 그가 실패하게 된 원인을 멀리서 찾는다면, 장관이 시인으로 이름이 나 있으니 그를 바보라고 여긴 데 있다네. '시인들은 모두 바보다.' 이게 국장의 생각이라네. 삼단논법에서 중간 항을 빼버리는 오류를 범한 거야."

"그런데 D 장관이 정말 시인이긴 한가?" 내가 물었다. "그에
게 형제가 한 명 있는 것으로 아는데. 두 명 다 어느 정도 문명
(文名)이 있어. 하지만 장관은 미분학(微分學)에 관한 꽤 전문적인
책을 쓴 걸로 알고 있네. 그는 수학자이지 시인이 아니야."

그러자 뒤팽이 말했다.

"잘못 알고 있네. 나는 그를 잘 알아. 그는 수학자인 동시에
시인이야. 시인으로서도 수학자로서도 그에 걸맞은 이성을 갖
추고 있지. 단지 수학자이기만 했다면 제대로 된 추론을 하지
못했을 것이고 결국 경찰국장 손아귀에 놓였을 걸세."

"놀라운 말이로군." 내가 대답했다. "자네는 세상 사람들의
의견과는 다른 말을 하고 있어. 오랫동안 통용되어 오던 생각
을 무시하겠다는 건 아니겠지? 수학적 이성은 아주 오랫동안
아주 뛰어난 이성으로 간주되어 왔지 않은가?"

그러자 뒤팽이 샹포르(프랑스 19세기 저술가)의 말을 프랑스어로
인용하며 말했다.

"사람들이 당연하다고 받아들이고 있는 생각, 사람들에게
통용되고 있는 관습은 분명히 어리석다. 그것은 대다수에게 적
합한 것이기 때문이다.' 수학자들이 자네가 방금 말한 대중적

오류를 널리 퍼뜨리느라 애를 써왔다는 걸 인정하지. 게다가 그 오류를 진리인 양 유포한 것도 그에 못지않을 만큼 큰 오류야. 예컨대 그들은 아주 그럴 듯한 명분으로 포장한 기교를 부려서 '분석'이라는 단어를 교묘하게 대수학에 적용시켰어. 마치 대수학이 분석적인 것처럼 사기를 친 거야. 프랑스인들이 바로 이 속임수의 창시자들이지.

긴 이야기는 않겠네만 수학은 특수한 형태의 이성일 뿐이야. 추상논리와는 다른 방식의 토양에서 자라난 것이지. 그 이성의 유용성과 가치는 한계가 있다네. 수학은 형태와 수량의 학문이야. 수학적 추론이라는 것은 형태와 수량의 관찰에나 적용될 수 있는 논리에 불과해. 그런데도 순수 대수학에서의 진리들이 추상적이고 일반적인 진리라고 가정한 데서 크나큰 오류가 있게 된 걸세. 너무나 터무니없는 오류라서 나는 그 오류가 널리 받아들여지고 있다는 사실에 황당해 할 수밖에 없네. 수학에서의 공리는 일반적 진리의 공리가 될 수 없다네.

예를 들어, 관계의 진리, 즉 형태와 수량의 진리는 도덕에 관한 한 종종 아주 큰 오류를 드러내지. 도덕에 관한 학문, 즉 윤리학의 경우 부분의 합이 전체와 같다는 말은 일반적인 진리가 될 수 없네. 화학의 경우도 그 공리는 맞지 않아. 동기(動機)라는 것에 그 법칙을 적용해도 마찬가지로 옳지 않아. 각각 가치가 있는 두 개의 동기가 있다고 치세. 그 두 동기가 합쳐져서 만들어내는 가치는 단순히 그 각각의 가치를 합해놓은 것이 아니야. 그 외에도 많은 수학적 진리들은 오로지 관계의 범주 내에서만 진리로 통용될 수 있는 것들일 뿐이야.

그런데 수학자들은 습관적으로 그들의 그 제한적인 진리들이 절대 보편적으로 적용가능하다고 주장하고 있고 세상 사람들도 대개 그렇다고 착각하고 있어. 브라이언트(18세기 영국의 신화학자)는 그의 해박한 저술인 『신화학』에서 '이교도의 우화는 믿을 수 없지만 우리는 계속 우리 자신을 잊고 마치 그 우화가 실제 있었던 일인 양 언급하곤 한다.'라고 말했어. 우리가 말한 오류의 근원과 비슷한 이야기를 한 셈이지.

하지만 조금 달라. 그 자체 이교도인 수학자들이 이교도의 우화들을 믿고 있는 셈이니, 그들은 기억이 나지 않아 그런 오류를 범하는 것 이상이야. 그들의 머리가 온통 뒤죽박죽이어서 그런 오류에 빠지는 거라네. 한 마디로 그들은 자기네들이 절대적이라고 믿고 있는 산식의 맹신자들이야. 그들의 산식이 적용되지 않는 예를 그 어떤 수학자에게 시험 삼아 말해보게. 자네의 말을 그 사람이 알아듣는 순간 재빨리 도망쳐야 할 걸세.

분명 자네를 때려눕히려 들 테니 말일세."

그 말을 들으면서 나는 웃고만 있었다. 그러자 뒤팽이 말을 이었다.

"내 말은, 만일 장관이 오로지 수학자이기만 했다면 국장이 내게 수표를 건네주는 일은 없었을 것이란 말이네. 하지만 나는 그가 수학자인 동시에 시인이라는 사실을 알고 있었다네. 그래서 그가 처해 있는 상황을 고려해서 내 척도를 그의 능력에 맞춘 거지. 또한 나는 그가 정신(廷臣)이면서 대담한 음모가라는 것도 알고 있었지. 그런 자라면 경찰이 일반적으로 어떻게 행동할 것인가를 잘 알고 있었으리라고 생각했다네. 그는 자신이 감시당하리라는 것도 능히 예상했을 것이고, 모든 일이 그의 예상대로 흘러갔지. 나는 그가 자기 집이 은밀히 수색을 받으리라는 것도 틀림없이 예상하고 있었으리라고 생각했네. 그가 밤에 자주 집을 비운 것을 두고 경찰은 수색에 도움이 될 기회를 맞았다고 쾌재를 불렀네만 내가 보기에는 장관의 계략이었네. 경찰에게 집 안을 샅샅이 뒤질 기회를 주고 편지가 그 집에 없다는 확신을 한시라도 빨리 G 국장에게 주기 위해서였지. 결국 그의 의도대로 국장은 그 집에 편지가 없다는 확신을 갖게 되었지.

동시에 나는, 숨겨진 편지를 수색하면서 경찰이 보여준 변함없는 행동 원칙에 대해 내 머리에 떠오른 일련의 생각들이 필연적으로 장관의 마음속에도 떠올랐으리라고 느꼈네. 바로 그 때문에 그는 일반적으로 물건을 숨기기에 적당하다고 여겨지는 곳을 단념할 수밖에 없었을 걸세. 나는 그가, 자기 집 안 제 아무리 복잡한 곳, 제 아무리 은밀한 곳이라도 경찰국장의 눈과 탐침과 송곳과 현미경을 피할 수 없으리라는 생각을 하지 못할 만큼 바보는 아니라고 생각했네. 결국 나는 그가 당연히—뭐, 심사숙고 끝이라고는 말할 수는 없겠지만—간단한 방법을 택할 것이라고 생각했네. 국장이 처음 우리를 찾아왔을 때 내가 '아마 그 미스터리라는 게 너무 쉬워서 풀지 못하고 있을 겁니다'라고 말했더니 그가 마구 웃어댔던 것, 자네, 기억나나?"

"응." 내가 대답했다. "무척 재미있어 하던 게 기억나네. 포복절도할 정도였지."

"물질계에는." 뒤팽이 말을 이었다. "비물질계와 상응하는 것이 많다네. 그래서 은유, 혹은 직유가 논증을 강화하거나 서술을 아름답게 장식할 수 있다는 수사학에서의 도그마가 어딘가 진실처럼 보일 수 있는 걸세. 예를 들어 타성의 힘에 대한 원칙은 물리학이나 형이상학에 동시에 적용되는 것처럼 보이네. 물리학에서는 큰 물체가 작은 물체보다 움직이기 어렵고 그때 필요한 운동량도 그 어려움에 상응하지. 형이상학에서도 마찬가지라네. 능력이 큰 지능은 그보다 낮은 등급의 지능에 비해 보다 강하고 지속적이며 한 번 움직이면 큰 영향력을 행사하지만 진보를 향해 첫 걸음을 내디딜 때는 쉽게 움직이기 어렵고 당혹스러워하며 주저하게 된다네. 자, 한 가지 더 말해 주지. 자네, 길거리 가게 간판 중에서 어떤 것이 가장 주의를 끄는지 살펴본 적 있나?"

"그런 건 생각조차 해본 적이 없는데."

"자, 일종의 퍼즐 게임을 한다고 치세. 지도를 펼쳐 놓고 하는 게임이지. 한 편에서 다른 편에게 주어진 글자를 찾아보라고 하는 거야. 마을이나 강, 혹은 나라 이름 등을 아주 복잡한 지도 위에서 찾아내는 게임이지. 이 게임의 초심자는 일반적으로 지도에서 아주 작게 나타나 있는 이름을 불러서 상대방을 애먹이려 한다네. 하지만 그 놀이의 명수들은 지도 이쪽 끝에서 저쪽 끝까지 죽 펼쳐져 있는 큰 글자를 고른다네. 마치 아주 큰 글씨로 된 길거리 간판이나 벽보들처럼 너무 눈에 잘 띄기에 거꾸로 눈에 띄지 않는다는 걸 알고 있는 거지. 이 물리적인 현상은 정신적 현상과 비슷하다네. 두드러져 있거나 손에 잡힐 정도로 너무 자명하다는 이유 때문에 충분히 고려의 대상이 되어야할 것들을 머리 좋은 사람이 눈치를 채지 못하고 지나치게 되는 경우가 있단 말일세. 바로 이 점에서 국장은 과잉 이해를 했거나 이해에 미치지 못한 걸세. 그는 장관이 그 편지를 그 누구의 눈에도 띄지 않을 방법으로, 세상사람 코앞에 두었을 수도 있다는 생각을 하지 못한 거라네.

하지만 나는, D 장관의 대담하고 저돌적이고 남다른 재주를 생각하면 할수록, 또한 그 편지를 유용하게 사용하려면 언제고 손닿는데 있어야 한다는 사실, 그 편지를 일반적인 수색 범위 안에 놓아서는 안 된다는 사실들까지 한데 묶어 생각하면 할수록 장관은 '굳이 애를 써서 그 편지를 감추지 않는' 아주 통이 크고 현명한 방법을 택하리라는 결론에 도달할 수 있었다네. 아주 만족스러운 결론이었지.

이런 확신을 품고 나는 초록 색안경을 준비해서 어느 화창한 날 아침 장관의 저택을 기습 방문했다네. D 장관은 집에 있었지. 평소처럼 하품을 하고 어슬렁거리며 빈둥거리는 게, 굉장히 따분해 하는 척 하더군. 그는 아마도 세상사람 가운데 가장 정력적인 사람일 거야. 하지만 남이 보지 않을 때만 그럴 뿐이지.

그와 대좌(對坐)하게 되자 나는 시력이 약해서 안경을 써야만 하는 처지를 불평했지. 그러나 색안경을 쓴 덕분에 나는 조심스럽게 방 안 전체를 두루 살펴볼 수 있었다네. 물론 겉으로는 주인과 마주 앉아 대화를 나누는 체했지.

나는 특히 그가 앉아 있는 곳 가까이에 있는 커다란 책상을 눈여겨보았네. 그 위에는 몇 통의 잡동사니 편지들과 서류들, 한두 개의 악기와 몇 권의 책들이 아무렇게나 놓여 있더군. 하지만 그것들을 아무리 꼼꼼하게 살펴보아도 뭔가 특별히 의심할만한 점은 찾을 수 없었네.

이윽고 눈동자를 돌려 방 안을 한 바퀴 둘러보는데 벽난로 중간쯤에 있는 명함꽂이 선반이 눈에 들어오더군. 자그마한 놋쇠 손잡이가 달려 있고 때 묻은 청색 리본이 매어져 있는 꾀죄죄한 명함꽂이 선반이었다네. 이 선반에는 서너 개의 칸이 있었고 대여섯 장의 명함과 한 통의 편지가 꽂혀 있더군. 편지는 몹시 더럽고 구겨져 있었네. 게다가 가운데가 찢어져서 거의 두 토막이 나 있었지.

처음에는 쓸모가 없어 찢어버리려다가 마음을 바꿔 그냥 놔둔 것처럼 보였네. 편지 겉봉에는 커다란 검은 봉인이 찍혀 있었고 D라는 글자가 눈에 띄었으며 부인네의 작은 글씨로 'D 장관 앞으로'라고 씌어 있었네. 그 편지는 내팽개쳐 둔 것처럼 선반 맨 위 칸에 함부로 꽂혀 있었다네.

그 편지를 보자마자 나는 내가 찾던 편지임을 알 수 있었지. 물론 그 편지는 국장이 우리에게 자세히 설명해준 편지와는 겉모습이 완전히 달랐네. 이 편지에는 커다란 검은 봉인과 함께 D라는 이니셜이 있었지. 내가 찾으려는 편지에는 작고 붉은 봉인과 S공작 가문의 문장이 있었네. 이 편지는 주소가 장관 앞으로 되어 있고 작은 여자 글씨가 씌어 있지. 내가 찾는 편지는 어느 황족에게 보내는 것으로서 굵고 확실한 필체였지. 오직 편지의 크기 하나만 일치했다네.

하지만 두 편지가 지나칠 정도로 차이가 난다는 점, 더럽고 찢어진 모습이 D 장관의 평소 습관과는 부합하지 않는다는 점, 보는 사람으로 하여금 이 편지를 하찮은 것으로 여겨지게 만든 의도가 두드러진다는 점 등과 함께 이 집에 찾아오는 사람이라면 누구의 눈에든 띌 수 있는 곳에 아무렇게나 놓여 있다는 사실 등은 내가 앞서 도달한 결론과 완전히 일치하는 것이었지. 말하자면 이 모든 상황들은 의심을 품고 찾아온 사람에게 그 의심을 강하게 뒷받침해주는 것들이었다네.

나는 되도록 오래 앉아서 장관의 흥미를 끌고 자극을 줄 만한 화제를 꺼내어 활기찬 이야기를 나누었다네. 그 사이에도 편지를 계속 주목했음은 물론이지. 편지의 겉모양과 편지꽂이의 모양을 잘 기억해두기 위해서였다네. 그 와중에 새로운 발견을 한 가지 했는데 그 덕분에 아직 남아 있던 사소한 의문이 모두 풀렸네. 편지 끝을 자세히 살펴보니 필요 이상으로 구겨져 있는 것을 알게 되었지. 두꺼운 종이를 한 번 접어서 눌러두었다가 다시 한번 뒤집었을 때 생긴 구김살인 게 분명했네. 그 발견으로 충분했네. 편지 겉봉을 장갑처럼 뒤집어서 수신인도 새로 쓰고 봉인도 새로 한 게 분명해진 거라네. 나는 장관에게 작별 인사를 하고 곧장 그 집에서 나왔네. 그냥 나왔느냐고? 아니지. 탁자 위에 금으로 된 담뱃갑을 짐짓 놔두고 나왔지.

다음 날 아침 나는 담뱃갑을 찾으러 가서 열심히 전날 나누었던 이야기를 계속했네. 그런데 우리가 이야기를 나누고 있는 중에 저택 바로 아래쪽에서 권총 소리 같은 굉음이 울렸고 이어서 연달아 공포에 질린 비명 소리, 겁먹은 군중들의 아우성 소리가 들렸네. D 장관은 창가로 달려가 창문을 열더니 내다보더군. 그 사이 나는 명함꽂이 쪽으로 살그머니 걸어가서 편지를 집어 주머니에 넣었네. 물론 모사(模寫) 편지를—겉모습만 그렇다는 말일세—대신 꽂아 놓았지. 전날 집에서 빵으로 D 장관 봉인을 만들고 아주 정성껏 그 편지를 만들었다네.

거리에서 일어난 소동은 어떤 사내가 머스킷 총으로 난동을 부린 거라네. 부녀자들과 아이들이 몰려 있는 곳을 향해 총을 쏜 거야. 하지만 총알 없이 총을 쏘았기에 미친놈이나 술주정뱅이로 여겨져 그냥 방면되었다네. 그가 가버리자 D 장관은 창가를 떠났네. 목표물을 입수하자마자 나도 그를 따라 창가에 있었지. 나는 그에게 작별 인사를 하고 그 집을 떠났네. 그 미친 척 하던 자는 내가 돈을 써서 고용한 자였네."

그의 긴 이야기가 끝나자 내가 물었다.

"그런데 가짜 편지를 왜 대신 놓고 온 건가? 첫날 찾아갔을 때 공개적으로 그 편지를 갖고 오는 편이 낫지 않았을까?"

"D 장관은 무모하면서 대담한 사람이야. 그리고 그의 저택에는 그에게 헌신하는 하인들이 있을 것이고. 내가 자네 말처럼 무모하게 행동했다면 목숨을 부지한 채 그 집에서 나오지 못했을 걸세. 선량한 파리 사람들은 이후 내 소식은 전혀 들을 수 없었겠지.

하지만 그것 말고도 또 다른 목적이 있었다네. 자네 나의 정치적 성향을 알고 있지? 일을 이런 식으로 처리함으로써 나는 이 일에 관련된 귀부인의 당원으로서 행동하는 것과 마찬가지가 되는 거야. 장관은 18개월 동안 그녀를 쥐락펴락했지. 이제는 그가 그녀의 손아귀에 놓인 거라네. 편지가 제 손에 없다는 걸 모르니까 전처럼 행동할 것 아닌가? 그렇게 해서 필시 스스로를 정치적으로 파멸시켜버리게 될 거야. 아주 급격한 파멸이면서 동시에 정말 볼만한 모습이 되겠지.

지옥으로 떨어지는 게 쉽다고 잘들 말하더군. 하지만 노래에도 나오듯 그 어떤 경우건 내려가는 것보다는 올라가는 게 쉬운 법이라네. 이번 경우 나는 내려가는 자에게 결코 동정심을 갖지 않네. 그는 무시무시한 괴물이고 파렴치한 천재야. 하지만, 국장이 '어느 귀한 분'이라고 표현한 여자에게 무시를 당한 뒤 내가 그 편지꽂이에 꽂아놓은 편지를 열어보고 그가 무슨 생각을 하게 될지는 솔직히 궁금하군."

"뭐야? 그 안에 뭐 특별한 거라도 넣어두었나?"

"당연하지. 종이를 공백으로 놔두는 건 옳지 못한 일 같더군. 예의에 벗어나는 짓 같았어. D가 비엔나에 있을 때 나를 곤경에 빠뜨렸던 적이 있다네. 그때 나는 아주 기분 좋게, 기억해두겠다고 말했네. 어쨌든 자신의 의표를 찌른 사람이 대체 누구인지 그가 알고 싶어 할 것 같아서 그에게 단서를 주지 않는 건 딱한 일이라고 생각했다네. 그는 내 필적을 잘 알고 있기에 종이 한가운데 이런 말을 써놓았다네.

그렇게 무서운 계획은 아트레에게는 걸맞지 않지만 티에
스트에게는 걸맞도다.

이 말은 크레비용의 〈아트레〉라는 극 중에 나오는 대사야."

『에드거 앨런 포 단편집』을 찾아서

　어린 시절 나는 추리소설을 아주 즐겨 읽었다. 어린이용으로 쉽게 각색한 모리스 르블랑의 『괴도 루팡』(지금으로서는 루팽이 맞는 표기), 코난 도일의 명탐정 '셜록 홈즈 시리즈' 등은 한 번 손에 잡히면 끝을 보아야만 했다. 또한 김래성의 『검은 별』과 『황금 박쥐』를 읽으면서 느꼈던 재미와 흥분은 지금도 잊지 못한다. 이후 애가서 크리스티 작품들의 명탐정 에르큘 포와르, 조르주 심농 소설의 메그레 반장 등 추리소설의 주인공들에 그 얼마나 매혹되었던가!

　나는 추리소설만 좋아한 것이 아니다. 텔레비전 프로그램 중에서도 수사 드라마, 혹은 추리물은 지금까지도 내가 가장 좋아하는 프로그램 중의 하나다. 생각나는 대로만 적어 보아도,

'형사 Q(퀸시)' '형사 콜롬보' '명탐정 몽크' 등의 드라마들은 언제나 나를 유혹했으며 요즘도 CSI 시리즈는 가장 즐겨 보는 텔레비전 프로그램이다.

그런데 그 추리소설의 원조가 바로 에드거 앨런 포(Edgar Allen Poe, 1809~49)다. 그는 당시의 문학 풍토로 보면 아무도 생각조차 할 수 없었던 소재를 소설에 도입한 것이다. 게다가 얼핏 통속적이고 대중적이어서 본격 문학과는 거리가 멀다고 여겨지는 '추리소설'로써 미국 문학사에서 가장 중요한 작가 중 하나로 자리를 잡았으며 그의 작품들이 세계 문학사에서 고전의 반열에 들게 된 것이다.

여기서 한 가지 질문을 던져보자. 지금은 모든 사람들이 그토록 좋아하는 추리소설, 탐정 소설이 왜 그렇게 문학사에 뒤늦게 나타난 것일까? 이유는 간단하다. 등장인물들이 정상이 아니기 때문이다.

추리소설에서는 반드시 범죄가 발생하고 범죄자가 등장한다. 모든 줄거리가 바로 그 범죄와 범죄자를 중심으로 돌아간다. 범죄자가 누구인가? 정상인이 아니다. 아무리 좋게 보아도 세상 보통 사람들과는 다른 특별한 존재다. 세상 사람들이 공통적으로 지니고 있는 가치관과 심성을 공유하고 있는 사람도 아니고, 본받을 만한 사람도 아니다. 한마디로 말한다면 한 사회 내의 병적인 존재라고 할 수도 있을 것이다.

그런데 추리소설에 등장하는 인물들 중에 범죄자만 그런 예외적이고 비정상적인 존재인가? 아니다. 범죄자와 가장 대립적으로 맞서 있는 것처럼 보이는 탐정이 실은 범죄자와 가장 비슷한 사람이다. 무슨 소리인가?

「도둑맞은 편지」에 추리의 핵심은 '추리하는 자의 지능을 상대방에게 맞추는 데 있다(188쪽)'라는 대목이 나온다. 게다가 아예 상대방과 닮은 표정을 짓고 그에 걸맞은 생각이나 감정이 떠오르게 하는 것이 핵심이라는 말도 이어서 나온다.

한마디로 아예 상대방이 되라는 말이다. 점잖은 표현을 쓰면 역지사지(易地思之)가 되라는 말이다. 도둑을 잡으려면 도둑과 한 몸이 되거나, 도둑을 완벽하게 이해하라는 말이다. 명탐정이 되려면 도둑과 대립하고 맞서는 게 아니라 스스로 도둑이 되어야 한다는 말이다. 정신과 의사가 명의가 되려면 어느 정도 정신병을 앓아야 한다는 말과 비슷한 이치다. 그의 심리와 한 몸이 되어야 그가 어떤 식으로 범죄를 저질렀는지 알 수 있게 된다는 말이다.

그렇다면 어떻게 해야 도둑을 이해하고 도둑과 한 몸이 될 수 있는가? 우선 상대방의 마음과 지력을 철저히 측정할 수 있어야 한다. 즉 상대방의 마음과 지력을 분석할 수 있는 능력을 가지고 있어야 한다. 그런데 그 분석의 대상이 누구인가? 비정상적인 사람이다. 정상적인 사람의 눈에는 기괴한 사람이다. 그런 상대는 절대로 정상적인 사고방식으로는 이해할 수도 없고 측정할 수도 없다. 똑같이 이상한 사람이 되어 똑같이 이상하게 생각하고 행동해야 한다.

여기서 중요한 질문을 한 가지 해보자. 우리는 과연 정상적인 것과 비정상적인 것을 그렇게 확연히 구분할 수 있을까? 인간의 인간다움은 과연 많은 사람들이 정상적이라고 받아들이는 태도나 가치에만 있는 것일까? 야만적인 면, 탐욕, 기괴함 등도 인간이 지닌 면모 중의 하나가 아닐까? 인간에 대한 이해는 그런 '기괴한 면'까지 포함했을 때 올바로 이루어지는 것이 아닐까? 프랑스의 대문호 빅토르 위고가 문학 작품은 인간의 고상한 면만이 아니라 추한 면도 함께 다루어야 한다면서 내세운 '그로테스크 이론'은 우리의 그러한 질문에 대한 답변이기도 하다.

그렇다면 포의 추리소설들은 이른 바 '정상적인 눈'에 의해 외면당해 왔던 인간의 또 다른 모습에 대한 탐구로 볼 수도 있다. 그의 소설은 단순히 명석한 두뇌의 소유자인 탐정이 탁월한 능력으로 범인을 잡아내는 소설이 아니다. 그의 소설은 우리가 평소에는 외면해 왔던 우리 내부의 기괴한 면, 공포스러운 면을 섬세하게 분석하는 소설이다. 그 분석은 정상적인 겉모습 깊숙이 숨어 있던 내면 심리를 통찰해야 하는 것이기에 아주 섬세해야 한다.

그런 의미에서 에드거 앨런 포는 추리소설의 원조이면서 공포소설 혹은 공포영화의 원조이고, 섬세한 심리분석 소설의 원조다. 그의 소설 속에 등장하는 명탐정 뒤팽은 그런 섬세한 심리분석의 대가다. 그는 그 심리분석을 통해 범죄자 가까이 가고, 범죄자의 마음과 하나가 된다.

우리는 일반적으로 추리소설을 읽으면서 탐정의 추리 과정을 뒤따른다. 모든 추리소설의 재미는 바로 그 과정에 있다. 그런데 거의 모든 추리소설 주인공의 주특기는 바로 '뒤집기'다. 무엇을 뒤집는가? 우선 우리의 상식을 뒤집는다. 아무도 생각하지 못한 길을 간다. 추리소설을 읽고 주인공의 추리를 뒤따르면서 우리도 우리의 생각을 뒤집고 이전에 생각조차 하지 못하던 길을 간다.

분명히 말하지만 우리의 사고 과정에서 이 뒤집기만큼 재미

있는 것도 드물다. 그건 마치 씨름에서의 뒤집기 기술과 비슷하다. 씨름에서의 뒤집기란 밑에 눌려 있던 선수가 허리를 확 젖히면서 상대방을 거꾸로 메다꽂는 기술이다. 위아래가 바뀌면서 패자가 될 것 같던 선수가 승자가 된다. 부정(패자)을 부정(뒤집기)하니까 긍정이 되는 셈이다. 산식에서 $(-) \times (-)$는 $(+)$가 되는 것과 같다.

우리가 탐정소설을 좋아하는 것은 얽혀 있는 실타래를 푸는 재미 때문이기도 하지만 내가 보기에는 그 내용이 온통 뒤집기로 되어 있어서다. 상식이 뒤집히고, 착한 자가 악인이 되고, 악인이 의인이 되고, 형사가 범인이 되는 뒤집힘. 세상이 온통 뒤죽박죽이 되는 게 아니냐고 걱정할 필요 없다. 그런 뒤집힘은 내 마음을 밭갈이하는 것과 같다. 그리고 그 뒤집힘을 통해 심리적 생산성이 생긴다.

봄에 밭에 씨를 뿌리려면 밭갈이를 해야 하지 않는가? 내 심리를 그렇게 밭갈이하면 그 심리라는 밭에 곡물이 잘 자랄 수 있고 풍족한 수확물을 거둘 수 있다. 한마디로 마음이 풍요로워진다. 그 무언가 뒤집는다는 것은 쉬운 일이 아니다. 더욱이 자신이 굳게 믿고 있던 것, 상식으로 알고 있던 것을 뒤집으려면 고통이 따른다. 하지만 추리소설을 읽다보면 그 뒤집기가 재미와 함께 한다.

범인의 지능과 심리에 자신의 지능과 심리를 맞추는 자는 말하자면 언제고 자신을 뒤집을 준비가 되어 있는 사람이다. 언제고 변신이 가능한 사람이다. 그는 머리가 좋은 사람일 수는 있지만 단지 영리하고 명민한 데서 그치는 사람이 아니다. 머리가 좋은 사람은 자기 옳다는 믿음 속에 빠져 있기 쉽다. 제 꾀에 제가 넘어간다든지, 자기 꾀에 갇혀 있다는 말은 그래서 나온다.

그런 눈으로 앨런 포의 작품들을 다시 한번 보라. 사건을 해결하는 뒤팽은 과연 어떤 사람인가? 그는 머리가 좋고 재주가 좋은 사람인가? 아니다. 단순히 머리와 재주로 따지자면 파리 경찰국장이 훨씬 능력이 뛰어난 사람일 수도 있다. 한 마디로 그는 자유로운 사람이다. 단 한 가지 원칙에 얽매여 있지 않은 사람이다. 패러다임을 바꿀 줄 아는 사람이다. 상대방이 누구건 그와 비슷해질 수 있는 사람이다. 열린 눈으로 사람과 상황을 읽는 사람이지 자기 확신에 갇혀 있는 사람이 아니다. 그의 뛰어난 능력은 그런 유연함에서 오는 것이지 영리함에서 오는 것이 아니다.

요즘 식으로 말한다면 그는 상상력이 뛰어난 사람이다. 뒤팽처럼 상상력이 뛰어난 사람은 한 가지 대상이나 사실을 전체 맥락에서 파악할 수 있다. 우리는 그것을 통찰력이라고 부른다. 뛰어난 상상력으로 앞일을 예견하면 예지력이 있다고 하고 사물의 감춰진 이면을 꿰뚫어 보면 투시력이 있다고 한다. 어떤가? 포의 소설에 한 번 푹 빠졌다가 나오면서 그런 상상력을 한번 길러볼 생각이 없는가?

에드거 앨런 포는 1809년 1월 9일 미국 보스턴에서 유랑극단 배우의 아들로 태어났다. 포가 갓난아기일 때 아버지는 모자를 버리고 가출했으며 어머니는 그가 두 살 되던 해에 결핵으로 사망했다. 이후 포는 미국의 주요 작가들 중 가장 비참하고 비극적인 삶을 살았으며 궁핍과 불운은 평생 그를 따라 다녔다.

어머니가 사망하자 그는 리치몬드의 부유한 담배 상인이었던 숙부 존 앨런의 집에 입양되었다. 그의 이름이 에드거 앨런 포가 된 것은 그 때문이었다. 숙부는 그를 냉대했지만 숙모 프랜시스 앨런 덕분에 그는 비교적 안정된 생활 분위기에서 유년기를 보낼 수 있었다.

1815년 숙부는 사업 확장을 위해 영국으로 건너갔고 이후

5년 동안 포는 영국의 여러 학교에 다녔다. 1820년 숙부 가족은 다시 리치몬드로 돌아왔고 1826년에 포는 버지니아대학교에 입학해서 기숙사 생활을 한다. 하지만 숙부가 전혀 돈을 보내주지 않아 포는 돈을 벌기 위해 도박을 했고, 많은 빚을 지게된다.

숙부가 그를 여전히 외면하자 그는 결국 대학교를 중퇴하고 1827년 군에 입대한다. 1830년 숙모가 사망하자 포와 숙부의 관계는 더 멀어지고 포는 같은 해 미 육군사관학교인 웨스트포인트에 입학한다.

포는 숙부와의 관계를 회복하려 애를 썼으나 그의 마음을 도저히 살 수 없음을 알게 된 포는 자포자기 상태에 빠져 규정을 위반하는 행동을 하게 되고 1831년 웨스트포인트에서 퇴교조치를 당한다.

1833년 단편소설 「병 속의 문서」를 발표해 문단 생활을 시작한 그는 문예지의 편집자로서 일을 하게 된다. 1835년 스물여섯 살의 포는 당시 열세 살이던 사촌 버지니아 클렘과 결혼했다.

잡지사 일을 그만 둔 그는 뉴욕으로 건너갔고 1838년 첫 번째 단편집인 『기괴하고 기이한 이야기들』을 출간했다. 이후 그는 시집도 발행하면서 열심히 작품 활동을 했지만 1847년에 아내가 사망하는 불운을 겪는다. 그의 대표적 시이며 짐 리브스의 토크 송으로도 유명한「애너벨 리」는 아내의 죽음 앞에서 그가 느낀 슬픔과 아내를 향한 사랑을 절절이 드러내고 있는 명시다.

1843년 포는「황금 벌레」로「달러 뉴스페이퍼」에서 수여하는 상을 받았다. 그리고 1845년 시「갈까마귀」를 발표해 일약 유명작가가 된다.

「황금 벌레」가 프랑스어로 번역되어 프랑스에서도 이름이 널리 알려지게 되었으며 잇따라「모르그가의 살인 사건」도 프랑스어로 번역되었다. 하지만 아내가 세상을 떠난 후 실의에 빠져 있던 그는 1848년 산문집『유레카』발간을 끝으로 작품 활동을 하지 못했으며 아내 사후 2년 만인 1849년 40세를 일기로 세상을 떠났다.

이제는 세계 문단의 천재로 우뚝 솟은 포가 제일 먼저 평가를 받은 것은 미국이 아니라 프랑스였다. 예를 들어 프랑스의 상징주의 시인 보들레르는 포의 전기를 썼으며 그의 시가 포의 영향을 받았다는 사실은 잘 알려져 있다. 또한 말라르메는「갈까마귀」를 비롯한 그의 시들을 프랑스어로 번역했고 소설가

쥘 베른은 포의 유일한 장편 소설인『어서 고든 핀의 모험』속
편을 프랑스어로 써서 포의 이름을 유럽전체에 알려지게 했다.
역시 천재는 천재들이 알아보는 법인 모양이다.

에드거 앨런 포 단편집

생각하는 힘: 진형준 교수의 세계문학컬렉션 56

펴낸날	**초판 1쇄 2020년 12월 29일**

지은이	**에드거 앨런 포**
옮긴이	**진형준**
펴낸이	**심만수**
펴낸곳	**(주)살림출판사**
출판등록	**1989년 11월 1일 제9-210호**

주소	**경기도 파주시 광인사길 30**
전화	**031-955-1350** 팩스 **031-624-1356**
홈페이지	http://www.sallimbooks.com
이메일	book@sallimbooks.com

ISBN	978-89-522-4258-7 04800
	978-89-522-3984-6 04800 (세트)

책임편집 **최정원**